EDUARD VON STEYNFURTH
Mord in Lübeck - Der Fall: Flughafen

Eduard von Steynfurth

Mord in Lübeck

Der Fall: Flughafen

Krimi

ahoi verlag

Mord in Lübeck - Der Fall: Flughafen
ahoi verlag, Lübeck

Originalausgabe

Copyright © 2016 by ahoi verlag, Lübeck
Umschlagmotiv: stocksnapp/Bigstock;
Druck: BoD GmbH, Norderstedt
Verlag: ahoi verlag, Lübeck

Printed in Germany
ISBN: 978-3-9818498-4-4

Bibliografische Information der Deutschen Nationalbibliothek:
Die Deutsche Nationalbibliothek verzeichnet diese Publikation
in der Deutschen Nationalbibliografie; detaillierte bibliografische
Daten sind im Internet über dnb.dnb.de abrufbar.

Sie finden uns auch im Internet unter www.ahoiverlag.de

Mord in Lübeck
Der Fall: Flughafen

Montag

>Liebe Freunde und Kollegen.

Günther Schlick löste den Blick vom Bildschirm seines Computers, auf dem er die Worte geschrieben hatte, und sah sich in seinem kleinen Büro im achten Stock der Polizeidirektion um. Sein Schreibtisch war aufgeräumt, seine Aktenschränke bis auf wenige Ordner leer und das Whiteboard an der Wand gründlich gereinigt. Das Mobiliar war schon etwas in die Jahre gekommen, aber das hatte ihn nie gestört, solange es denn aufgeräumt war. Im vergangenen Jahr waren die längst veralteten Computer modernisiert und mit angenehmen Flachbildschirmen ausgestattet worden. Trotzdem hatte Schlick Mühe, sich mit dem neuen System anzufreunden. Den jüngeren Kollegen fiel die Umstellung anscheinend leichter. Über 40 Jahre war Schlick nun im Dienst, wovon er die letzten acht Jahre in diesem Büro verbracht hatte, wenn er nicht gerade Tatorte untersuchte, Zeugen vernahm oder Hinweisen nachging.

Am Freitag würde es endlich soweit sein. Dieser Freitag war Schlicks letzter Arbeitstag. Geräuschvoll atmete er aus. Dann löschte er die Zeile vom Bildschirm. Zu seiner Verabschiedung würden zahlreiche Gäste erscheinen, denn obwohl Schlick es bevorzugte, unscheinbar und bescheiden im Hintergrund zu bleiben und seine

Person nicht in den Vordergrund zu stellen versuchte, hatte er sich im Laufe der Zeit einen Namen gemacht. Wie, wusste er selbst nicht so genau, vielleicht ja gerade wegen seiner zurückhaltenden und umgänglichen Art. Jedenfalls hatte ihn seine Spürnase nicht allzu oft im Stich gelassen und gerade deswegen musste er für seine Abschiedsrede die richtigen Worte finden. Wieder setzte er an und schrieb:

>Liebe Kollegen, liebe Freunde

Jäh wurde die Tür zu seinem Büro aufgestoßen. Der Hereinstürmende hatte die Gewohnheit, im Öffnen der Tür zu klopfen und so niemandem Gelegenheit zu lassen, auf sein Klopfen zu reagieren. Die große, hagere Gestalt in adrettem, korrekt sitzendem Anzug mit geschmackvoll ausgewählter Krawatte war Dr. Justus Heinrich, der Polizeidirektor. Unter seinem Arm klemmte eine Akte.

„Schlick!", sagte er noch im Hereinkommen, dann stockte er. „Wo ist Andresen?"

„Ich habe ihn heute noch nicht gesehen", antwortete der Kommissar. Er hatte seinen Vorgesetzten bereits am Morgen auf dem Flur begrüßt. Dieser legte Wert darauf, möglichst früh zur Arbeit zu gehen und sich einen Überblick über das Tagesgeschehen zu verschaffen, um tagsüber flexibel sein zu können und abends seine Mitarbeiter mit Überraschungsbesuchen zu beglücken. Auf diese Weise hatte er schon so manchen Feierabend, nicht zuletzt auch wegen seiner ausschweifenden Art, hinausgeschoben. Schlick sah auf seine Armbanduhr und wunderte sich über den Verbleib seines jüngeren

Kollegen.

„Wie auch immer“, sagte Heinrich ungewohnt knapp und bewegte dabei seinen Kopf mit einer Bewegung, mit der er sich sowohl Aufmerksamkeit verschaffen wollte, als auch die charakteristische Haarsträhne aus dem Gesicht wedelte. „Sie müssen los, es gibt Arbeit.“ Mit diesen Worten reichte er dem Kommissar die Akte, die er mitgebracht hatte, und machte auf dem Absatz kehrt. Er war offensichtlich in Eile, hielt dann aber für einen Moment inne: „Und treiben Sie Andresen auf!“, sagte er noch, dann rauschte er wieder davon.

Schlick seufzte und nahm die noch dünne Akte zur Hand. Nach Dienstverordnung sollten zwar alle Daten immer sofort eingegeben und digital verarbeitet werden, jedoch erfreuten sich die meisten von Schlicks Kollegen, wie auch er selbst, des großen Druckers, der die Ausdrucke praktischerweise auch gleich lochte und heftete. Er war es zwar nicht überdrüssig zu arbeiten, hatte sich jedoch für seine letzte Woche im Dienst einen halbwegs pünktlichen Feierabend gewünscht, der bei einem neuen Fall wohl wegfallen würde.

Zwanzig Minuten später fand sich Schlick ein wenig aus der Puste vor der Wohnungstür seines Kollegen. Dieser hatte auf sein Klingeln nicht reagiert und so war Schlick gezwungener Maßen die Treppe hoch ins siebte Stockwerk gestiegen. Der Fahrstuhl war offensichtlich ausgefallen, denn statt des Geräusches eines sich auf Knopfdruck in Bewegung setzenden Fahrkorbes, hatte

Schlick lediglich zwei sich im Liftschacht unterhaltende Stimmen vernehmen können. Diese ließen sich darüber aus, dass doch betagte Menschen mit Gehwagen besser alle im Erdgeschoss wohnen sollten. Auch hier oben drückte er vergebens den Klingelknopf. Die Klingel war ausgestellt. Jetzt klopfte der korpulente Kommissar geräuschvoll gegen die Tür. Es hallte im Treppenhaus und es roch nach Essen.

Irgendwer kocht immer, dachte sich Schlick und konnte den Blick des Nachbarn, der gegenüber durch den Späher schaute, förmlich im Nacken spüren. Er klopfte abermals. Dann konnte der Kommissar hören, wie jemand die Tür aufschloss und ihm ein sehr müde dreinblickender Erik Andresen öffnete und ihn mit einer missmutigen Geste herein ließ.

„Mensch Erik", sagte Schlick in zugleich vorwurfsvollem, dann aber eher besorgtem Tonfall. „Was ist denn mit dir los?" In all den Jahren, in denen die beiden zusammen gearbeitet hatten, hatte der Kommissar seinen Kollegen noch nie in einer derartigen Verfassung erlebt. Dessen Gesicht war grau, die Augen trübe und gerötet. Er sah aus, als hätte er die ganze Nacht nicht geschlafen.

Noch im Flur und beim Anziehen erklärte Andresen: „Es ist wegen Verena." Er stockte. Erst jetzt fiel Schlick auf, dass die Wohnung seines 35-jährigen Kollegen ein Chaos aus Möbeln, Wäsche und sonstigen Gegenständen war, die einfach irgendwo herum lagen.

„Das wird schon wieder", klopfte Schlick seinem Kollegen aufmunternd auf die Schulter und tat so, als hätte er die Unordnung nicht bemerkt. Derartige Streitereien waren Andresens Erzählungen nach in letzter Zeit häufiger vorgekommen, doch Schlick hatte den Eindruck, dass sie noch nie so heftig gewesen waren. Er ging vorsichtig ein Stückchen in den Flur hinein und schloss die Tür hinter sich. Irgendwas knirschte unter den Sohlen seiner Schuhe.

„Ich glaube nicht, Günther." Andresen schaute betrübt drein. Schlick hob den geborstenen Bilderrahmen auf, auf den er getreten war. Durch das zersprungene Glas sah er ein Foto der beiden, das wohl aus besseren Tagen stammte. Er legte den Rahmen auf die Anrichte.

„Du solltest das besser sauber machen", deutete er auf die Glassplitter, die auf dem Boden lagen. Andresen, der sich derweil seine Jacke angezogen hatte, sah ihn verständnislos an. „Na die Splitter, nachher verletzt sich noch jemand!"

„Außer mir kommt doch eh keiner mehr her", winkte Andresen ab. Dann sah er kurz in den Spiegel und versuchte mit ein paar Handbewegungen die wirren, dunkelblonden Haare zu bändigen, bevor sie die Wohnung verließen.

Die beiden Männer machten sich auf den Weg zu dem in der Akte verzeichneten Ort. Auf der Fahrt über die Ratzeburger Allee, vorbei an der Universität, erklärte Schlick, was er zuvor in der Akte gelesen hatte. Es war zwar nicht viel, brachte Andresen aber sichtlich auf andere Gedanken. Die Fahrt endete am Baustelleneingang des Lübecker Flughafens, wo bereits ein Streifenwagen parkte und die Einfahrt sicherte. Sie grüßten den uniformierten Kollegen, durften passieren und fuhren seitlich über die Rollbahn zu einer großen Baustelle, wo sie zwischen großen gelben Baufahrzeugen neben den Wagen der Spurensicherung hielten.

Als die Beamten ausstiegen, kam eilig ein kleiner, etwas dicklicher Mann mit hochrotem Gesicht auf sie zu. Sichtlich erregt, gab er unter dem weißen Bauhelm eine komische Figur ab. Ein Beamter, der einen Schutzoverall angezogen hatte, warf Andresen einen vielsagenden Blick zu. Ohne sich vorzustellen fing der Mann augenblicklich zu reden an. Schlick verstand nur so viel, dass er aufgebracht war wegen der Verzögerung der Bauarbeiten durch die Polizei.

„Wer ist dieser Mann?", fragte der Kommissar laut und über seinen Gegenüber hinweg einen Kollegen.

„Anton Hochstetten, leitender Ingenieur für den Ausbau", erwiderte einer der Nahestehenden.

„Hochstätter, wenn ich bitten darf!", erhob der Ignorierte die Stimme. „Wenn Sie nun die Güte hätten, die Baustelle wieder frei zu geben. Wir sind ohnehin schon im Rückstand. Und jetzt das!" Er machte eine unbestimmte Geste in Richtung der Baufahrzeuge. „Wegen ein paar alter Knochen!"

Die Kommissare sahen sich vielsagend an und während Andresen zu seinen Kollegen von der Spurensicherung ging, wandte sich Schlick in leicht ungeduldig werdendem Tonfall dem bauleitenden Ingenieur zu:

„Herr Hochstätter. Ich kann mich nicht daran erinnern, Sie jemals bei uns gesehen zu haben. Daher möchte ich Sie bitten, vom Tatort den nötigen Abstand zu halten und unsere Arbeit nicht länger zu behindern. Ihre Aussage nehmen die Kollegen gerne auf." Und mit diesen Worten ließ er den Mann stehen.

* * *

Klaus-Dieter Hinze war verärgert, als er den Telefonhörer geräuschvoll auflegte.

„Meine Herren, es verläuft leider genauso, wie wir es befürchtet hatten", sagte er und ließ sich resignierend auf das Ledersofa fallen, das vor ihm stand. Die angesprochenen Herren saßen ihm gegenüber. Der Chef des Lübecker Flughafens hatte zu einem Geschäftsfrühstück in sein Büro mit Panoramablick über das Flughafengelände eingeladen, was jetzt eher in eine Krisensitzung umschwenkte.

„Das habe ich Ihnen doch gleich gesagt, Hinze. Wir werden nur aufgehalten", sagte einer der Männer in vorwurfsvollem Tonfall. Es war der Wirtschaftssenator Clausen, der jetzt sein Besteck beiseite legte. Offenbar war ihm der Appetit auf ein weiteres Brötchen vergangen. Dann strich er sich über das Sakko. Die Geste und seine nasale Art zu reden spiegelten seine ganze Arroganz wider.

„Mein lieber Wolfgang, wir wollen doch keine Vorwürfe machen." Der Bausenator, der neben Wolfgang

Clausen saß und in seiner häuslichen Strickjacke etwas aus dem Rahmen fiel, versuchte zu beschwichtigen.

„Der Zeitplan war ohnehin viel zu knapp für dieses Bauprojekt", fiel ihm der Wirtschaftssenator ins Wort. „Und das hätten Sie, Herr Bausenator Gruber, am besten wissen müssen." Er hatte offensichtlich einen schlechten Tag erwischt und Ärger mischte sich in die arrogante Stimme. Außerdem nervte ihn das familiäre Du seines Amtskollegen.

„Aber meine Herren, wir sollten uns nicht aufregen", kam der Geschäftsführer dem Bausenator mit einer Antwort zuvor, „Die Vorfälle verlangen ganz klar nach Aufklärung und..."

„Vorfälle?", schnitt ihm der Wirtschaftssenator das Wort ab. „Irgendwelche Hundeknochen tauchen auf und Sie alarmieren die Kavallerie. Dieses Projekt kostet mich den letzten Nerv." Er war aufgestanden und schritt entrüstet und gleichsam ziellos um die teuren Designermöbel herum. „Erst dauert es Jahre, bis endlich eine Einigung über den Ausbau erzielt ist, dann hängt der Ausbau selber heillos der Planung hinterher und jetzt auch noch das!" Er untermalte seine Ausführungen mit wilden Gesten. „Wie stehen wir denn gegenüber den Geldgebern da, denen wir den raschen Ausbau des Flughafens versprochen haben? Die werden uns nicht einen Cent bezahlen, wenn hier nicht einmal ein Flugzeug landen kann."

„Darüber sind wir uns alle im Klaren", entgegnete der Geschäftsführer trocken. „Auch ich bin nicht glücklich über diese neuerliche Verzögerung."

„Nicht glücklich", echote der Wirtschaftssenator. „Ja aber Sie tun ja auch nichts! Jetzt sitzen Sie hier tatenlos herum und machen Kaffeekränzchen, während der Standort Lübeck zunehmend unattraktiv wird. Dann können wir den Verkauf an den Investor vergessen. Oder wollen Sie vielleicht ein zweites Berlin Brandenburg Airport?"

„Wenn man's genau nimmt,", meldete sich der Bausenator zu Wort, der der Unterhaltung kauend gefolgt war, „sind wir hier noch beim Frühstück, lieber Wolfgang", und trieb seinen Gegenüber nur noch mehr auf die Palme. „Im übrigen hatte ich Hunger", schmatzte er vor sich hin. „Und Ihr Vergleich mit Berlin hinkt gewaltig."

Der Wirtschaftssenator rollte mit den Augen. „Ein wunderschön ausgebauter Flughafen bringt uns nichts, wenn die Fluggesellschaften einen Bogen um Lübeck machen, weil wir heillos verspätet sind. Und wenn das passiert, verlieren auch die Geldgeber ihr Interesse. Dann ist das Geld von uns völlig umsonst investiert. Und darüber sollten Sie ja am besten Bescheid wissen, mein lieber Herr Bausenator." Bei diesen Worten, die Wolfgang Clausen bewusst betont hatte, lehnte sich der Geschäftsführer demonstrativ nach vorn. „Wildbrücken für 30 Millionen Euro", schnaubte der Wirtschaftssenator verächtlich, nippte an seinem Kaffee, der inzwischen kalt geworden war, und verzog das Gesicht.

Der Bausenator wollte etwas zu seiner Verteidigung

sagen, da doch Wildbrücken ganz und gar nicht in sein Ressort fallen, wurde jedoch unterbrochen.

„Aber meine Herren", Klaus-Dieter Hinze hatte sich das Gespräch lange genug angehört. „Sie werden doch sicher Ihren Einfluss wirken lassen und die Arbeit der Polizei beschleunigen können", lenkte er das Gespräch in erquicklichere Richtung. Die beiden sahen ihn an. „Im Übrigen bin ich der Meinung, dass der Knochenfund durchaus einer Untersuchung bedarf. Oder wollen Sie sich angesichts der geteilten öffentlichen Meinung über den Ausbau nachsagen lassen, über Leichen zu gehen?" Mit diesen Worten erhob sich der Geschäftsführer und signalisierte das Ende des Gesprächs. Und obwohl die beiden Senatoren durchaus noch etwas zu sagen gehabt hätten, verabschiedeten sie sich und verließen das Büro.

Der Geschäftsführer atmete auf und trat ans Fenster. Das Wetter sah einladend aus, doch von Osten wehte schon den ganzen Tag ein kalter Wind. Von seinem Büro aus konnte Hinze den ganzen Flughafen überblicken. Doch statt der Flugzeuge sah er heute in der Ferne die Beamten zwischen den Baufahrzeugen, die mit ihren Ermittlungen beschäftigt waren. Bevor er sich jedoch direkt vor Ort einen Überblick verschaffte, wollte er noch in Ruhe seinen Kaffee austrinken und ließ sich mit einem leisen Stöhnen in seinen Sessel fallen.

* * *

„Was halten Sie davon?", fragte Ewald Angermeier die

Kommissare, als er ihre Köpfe über dem Grubenrand bemerkte. In gut drei Metern Tiefe hockte der forensische Experte mit zwei seiner Kollegen in weißer Schutzkleidung. Von oben konnten die Kommissare die skelettierten Überreste eines der Größe der Knochen nach zu urteilen erwachsenen Menschen erkennen, die von den Forensikern freigelegt wurden.

„Moment!", rief ihnen Angermeier zu, dann stieg er behände die Leiter hoch, die am Grubenrand lehnte. „Bei dem Fund handelt es sich um einen unbekannten Toten", erklärte er oben angekommen. „Bislang konnten wir keine zur Identifizierung dienlichen Merkmale sicher stellen." Er hatte seine blaue Halbmaske abgenommen. „Durch die Arbeiten am Rollfeld sind die Gebeine freigelegt worden. An dieser Stelle soll wohl ein tieferes Fundament gelegt werden."

„Und wie lange schätzen Sie liegt er schon da?", fragte Andresen und spähte interessiert herunter.

„Schwer zu sagen, am besten warten Sie mein Gutachten ab. Aber wenn man die Position und den Verwesungsgrad der Leiche zugrunde legt, vielleicht schon seit der ersten Betonierung der Rollbahn?", spekulierte der forensische Experte.

„Darf ich mir das aus der Nähe ansehen?", fragte Andresen, denn die Grube bot nur ein paar Männern gleichzeitig Platz.

„Nagut, aber setzen Sie die hier auf", stimmte Angermeier zu und reichte dem Kommissar eine Halbmaske. Als dieser ihn fragend ansah, fügte er erklärend hinzu:

„Es ist eine ziemlich staubige Angelegenheit und wir wollen uns doch auch wirkungsvoll vor dem ganzen Feinstaub schützen." Er half dem Kommissar, die Maske aufzusetzen. Schlick lehnte dankend ab und ließ seinem Kollegen den Vortritt. „Die sind ganz neu auf dem Markt, ich habe sie auf einer Baumesse in Neumünster entdeckt, wissen Sie", setzte Angermeier die Erklärung fort, während sie zu den sterblichen Überresten in die Grube herunter stiegen. „Kommen von einer Firma aus Husum. Sehr netter Kontakt. Kommen Sie auch mit herunter?", sagte er zu Schlick nach oben, der am Grubenrand stehen geblieben war.

„Danke nein, ich verschaffe mir von hier oben einen besseren Überblick", winkte dieser ab, waren ihm doch Leitern reichlich suspekt, nicht zuletzt auch wegen seiner Körperfülle.

Inzwischen unten angekommen beugten sich Angermeier und Andresen über den Knochenfund. Der Leichnam war in einer seltsam verdrehten Haltung begraben worden, in der die Gliedmaßen völlig unnatürlich unter und neben dem Torso lagen.

„War wahrscheinlich schon tot, als er begraben wurde", dachte Andresen laut.

„Wenn es sich denn um einen männlichen Toten handelt. Mehr wird mein Gutachten sagen", pflichtete ihm Angermeier teilweise bei. „Wir müssen die skelettierten Überreste sorgfältig freilegen, um keine Hinweise zu zerstören."

„Was ist mit dem Kopf passiert?" Der Kommissar

wies mit dem Finger auf den Schädel, dessen Kiefer zertrümmert war.

„Wir haben ihn so vorgefunden. Ob die Fraktur insgesamt schon bestand, wird mein Gutachten sagen."

„So könnte auch jemand nachgeholfen haben", gab Andresen zu bedenken. Die Spuren am zertrümmerten Kiefer sahen frisch aus.

„Aber es könnte auch ganz unabsichtlich bei den Baggerarbeiten entstanden sein. Einige Frakturen sind alt, das können Sie an der Knochenalterung erkennen. Aber diese Veränderungen hier", er deutete mit einem Kugelschreiber auf eine Stelle des Schädels, „sind neueren Datums. Aber Sie wissen ja..."

„... näheres ergibt ihr Gutachten", ergänzte Andresen, der trotz aufgesetzter Maske keine Mühe hatte zu reden.

Der Forensiker zwinkerte ihm zu. „Wir durchsuchen auch die Umgebung der Fundstelle auf Hinweise und mögliche Erkennungsmerkmale", sagte Angermeier und richtete sich auf. „Mein Gutachten erhalten Sie wie gewohnt so schnell wie möglich." Der Forensiker war bekannt dafür, nicht gerne zu spekulieren und dafür gründlich und effizient zu arbeiten und wurde daher von seinen Kollegen sehr geschätzt.

„Vielen Dank, Herr Angermeier." Der Kommissar nickte anerkennend. Der forensische Experte war einer der wenigen Kollegen, den alle respektvoll mit Sie ansprachen. Andresen wandte sich zum Gehen.

„Ach Andresen", sagte Angermeier noch schnell, „behalten Sie die Maske. Sie flexen doch ab und an in Ihrem Schrebergarten?"

„Ja das stimmt. Vielen Dank!", freute sich der Kommissar. Angermeier überraschte mit immer neuen Ideen und Methoden und war trotz seines Alters, das irgendwie niemand so genau kannte, immer offen für Neues.

Oben angekommen legte der Kommissar die Maske in den Wagen. Erst jetzt bemerkte er, wie sehr hier oben der kalte Wind über das offene Gelände pfiff. Er gesellte sich zu Schlick, der mit einem Mann in teurem Mantel sprach.

„Ah, da kommt mein Kollege. Darf ich vorstellen, Kommissar Andresen, Herr Hinze. Herr Hinze ist der Geschäftsführer des Lübecker Flughafens", stellte Schlick die beiden Männer einander vor und sie gaben sich die Hand. Zu ihnen gesellte sich in diesem Moment noch der kleine, dickliche Mann mit rotem Kopf von vorhin, hielt sich jedoch mit einigen Metern Abstand im Hintergrund hinter dem Geschäftsführer.

„Ich habe Ihren Kollegen gerade gefragt, wie lange Ihre Ermittlungen vor Ort noch andauern werden", fragte Hinze den Kommissar, dem jetzt offensichtlich zu kalt war. „Sie werden verstehen, dass wir mit den Erweiterungen am Flughafen vertraglich gezwungen sind, einen engen Zeitplan zu verfolgen."

„Herr Hinze", setzte der Kommissar an, „vor übermorgen werden wir den Tatort nicht freigeben können. Bei einem Kapitalverbrechen ist die Spurensicherung von besonderer Wichtigkeit."

Der Ingenieur schnaubte hinter dem Geschäftsführer, machte aber dann ohne ein weiteres Wort zu sagen kehrt, stieg in ein dunkles Sportcoupé, das unweit der Gruppe stand, und brauste über die Rollbahn davon.

„Ich möchte doch bitten, diesen Fall mit Priorität zu behandeln. Für den Flughafen und die Hansestadt Lübeck steht mit dem wirtschaftlichen Erfolg des Flughafens viel Geld auf dem Spiel." Der Geschäftsführer sprach ruhig, aber bestimmend. „Unterdessen sind wir in vertragliche Verpflichtungen eingetreten, denen wir unbedingt nachzukommen haben." Mit ein paar Floskeln verabschiedete sich der Geschäftsführer schließlich und verschwand in einem der Flughafengebäude.

Schlick hatte inzwischen den Blick über die weite freie Fläche des Flughafens schweifen lassen. Aktuell landeten hier keine Flugzeuge und außer dem Betrieb auf der Baustelle passierte hier nichts.

„Hast Du eigentlich Hunger?", fragte unverhofft sein Kollege. Schlick sah ihn an und grinste.

„Mal wieder kein Frühstück gehabt, Herr Kollege?"

„Wie denn, du hast mich ja quasi aus dem Bett geklingelt", lachte Andresen.

„Du isst doch nie vor zehn Frühstück!", gab Schlick zurück, während sie langsam zu ihrem Dienstwagen herüber gingen.

„Auch eine Form von Diät. Sowas würde dir übrigens weniger Schaden, als dein zweites Frühstück jeden Tag..."

„...das heute allerdings ausgefallen ist, weil ich da jemanden von zuhause abholen musste", unterbrach ihn Schlick. „Außerdem achte ich auf meine Figur." Er zwinkerte. Dann fügte er hinzu: „Dann können wir ja heute mal wieder eine Currywurst verspeisen?"

„Du willst doch nur wieder die beiden Blondinen beehren. Wie hießen sie noch gleich?", feixte Andresen und setzte sich hinter das Steuer, denn Schlick fuhr nicht so gerne selbst.

„Die beiden Damen sind immer sehr zuvorkommend. Außerdem schmecken die Pommes!", schmunzelte Schlick.

Bevor die beiden Kommissare also ins Präsidium zurückkehrten, machten sie einen Abstecher, oder besser gesagt einen kleinen Umweg, über den Kohlmarkt. Hier hatten sie sich schon oft mit einem Imbiss gestärkt.

„Na Herr Schlick, wie geht's Dir heute? Wieder mal die Currywurst?" Die freundlichen Damen hinter der Theke wussten schon, welches Menü die beiden Kommissare bevorzugten und lächelten den beiden zu.

„Zwei Mal wie immer, bitte", bestellte Andresen.

„Ob die wohl auch mal fertig werden?", die Bedienung nickte in Richtung Straße, wo die Bauarbeiter die Innenstadt mit chinesischem Granit geräuschvoll neu pflasterten.

„Sieht ja schon ganz gut aus", brummte Andresen, der mit seinen Gedanken woanders war.

„Sicherlich nicht so schnell, wie ihr mit unserem Mittagessen", gab Schlick unbeholfen zurück.

Andresen wandte sich vertraulich an Schlick und raunte ihm zu: „Ich glaube ja nicht, dass wir herausfinden, wer das unter der Rollbahn ist.“

„Warum so pessimistisch, Kollege?“, fragte Schlick in seiner väterlichen Art.

„Wenn die Leiche tatsächlich so alt ist?!“

„Vielleicht findet Angermeier ja noch etwas“, antwortete Schlick, der seine Currywurst in Empfang nahm, sich bedankte und zu einem der Stehtische herüber ging, die vor dem Imbiss standen. Andresen gesellte sich mit seiner Mahlzeit zu seinem Kollegen, der laut dachte: „Warum haben wir überhaupt den Fall bekommen?“

„Wieso fragst du?“

„Weil ich glaube, ein Archäologe wäre die bessere Wahl. Und ich glaube, dass Heinrich mich beschäftigen will und du mein Aufpasser sein sollst“, spekulierte Schlick, ohne ein Blatt vor den Mund zu nehmen. Es drängte sich ihm schon seit geraumer Zeit der Eindruck auf, sein Chef wolle ihn bis zu seiner Pensionierung nur noch stiefmütterlich beschäftigen. Dabei hatte er keine sonderlich spannenden Fälle zur Bearbeitung bekommen, sondern nur das, was die Kollegen lieber andere erledigen ließen.

Andresen grinste nur blöde, was er immer tat, wenn er gerade nicht wusste, was er sagen sollte. „Du gehörst doch schon zum Inventar“, flachste er. Sie lachten und begannen zu essen.

„Der Kiefer", Andresen schmatzte, während er sprach und nicht weiter auf Schlicks Vermutungen einging, „ist vollständig zertrümmert. Damit können wir auch nichts mehr anfangen, selbst wenn noch Unterlagen von damals existieren würden. Obwohl ich bezweifele, dass es überhaupt zahnmedizinische Unterlagen gibt, die so alt sind."

„Du Erik, sag mal...", unterbrach ihn Schlick, der ungern weiter über den Fall spekulieren wollte, zumal sie ohnehin das forensische Gutachten abwarten mussten. Andresen sah ihn an.

„...was ist eigentlich mit dir und Verena los?", fragte er ohne Umschweife.

Andresen stockte kurz und nachdem er zu Ende gekaut hatte, erklärte er: „Ich weiß es auch nicht, Günther. Irgendwie ist es eingefahren zwischen uns. Wir streiten nur noch."

„Aber ihr habt euch doch vor zwei Wochen ausgesprochen, dachte ich?" Schlick war schon des Öfteren Kummerkasten seines Kollegen gewesen. Außerdem war dieser auch besser bei der Sache, nachdem er mit jemandem über seine Probleme gesprochen hatte.

„Ja, hatten wir auch. Wir hatten alles geklärt, dachte ich zumindest." Andresen wirkte auf einmal bedrückt.

„Und was war es diesmal?", bohrte sein Kollege weiter.

„Samstag. Ich war nur zehn Minuten am Telefon und

Verena ist völlig abgedreht. Ich würde vor lauter Arbeit keine Zeit mehr für sie haben, bla bla bla.“ Er schob sich das letzte Stück Currywurst in den Mund.

„Wart ihr nicht zusammen im Garten?“ Andresen hatte zum Ausgleich und seiner Freundin zuliebe einen Schrebergarten in einer Kleingartensiedlung gepachtet, um dort mit ihr Zeit zu verbringen, den Alltag ein wenig zu vergessen und sich zu erholen.

„Waren wir ja auch. Aber ich gehe ja auch zwischendurch ans Telefon, wenn die Kollegen anrufen und eine kurze Info brauchen.“

„Und es waren nur zehn Minuten?“, runzelte Schlick die Stirn.

„Ja, Günther.“ Andresen zuckte resignierend mit den Achseln und aß schweigend weiter. „Ach, ich weiß auch nicht. In letzter Zeit fühlt es sich so an, als ob irgendwie die Luft raus ist. Und dann ist ständig ihre Mutter bei uns. Und wenn die beiden alleine sind, möchte ich nicht wissen, über was dann gelabert wird.“

„Na, na“, runzelte Schlick die Stirn. Seine Frau und er hatten immer eine glückliche Ehe geführt.

„Ja ist doch wahr. Ich kann es ja sogar mithören, wenn sie mal nebenan telefoniert. Daher weiß ich auch gar nicht mehr, warum wir überhaupt noch zusammen sind. Und trotzdem vermisse ich sie.“ Er starrte auf seinen Pappteller und spielte mit der zerknüllten Serviette.

„Das wird schon wieder“, brummte Schlick.

„Ich glaube nicht. So, wie es sich anfühlt, wenn jemand dein Bild auf den Boden wirft, dass das Glas zerspringt und dann mit dem Schuh auf deiner Nase herumtrampelt, wird es nichts mehr." Er winkte ab, und hatte sichtlich keine Lust mehr, weiter über das Thema zu reden. Sie hatten ohnehin aufgegessen und machten sich auf den Weg in ihr Büro auf der Dienststelle.

Dort angekommen wurden sie zunächst von einem uniformierten Kollegen an der Pforte abgefangen.

„Kommissar" sagte dieser, „da war jemand hier für Sie."

„Aha?", Schlick war nicht überrascht, weil er öfters Besuch bekam. „Ein alter Bekannter?"

„Nein. Und einen Namen hat er auch nicht hinterlassen. So um die 50, Brille, trägt einen speckigen Mantel", beschrieb ihn der junge Beamte. „Will wiederkommen."

„Sagt mir nichts", gab Schlick zurück, dem diese Beschreibung nicht weiter half. Trotzdem vielen Dank." Er nickte dem Beamten zu und folgte Andresen, der voraus gegangen war.

* * *

Nachdem Schlick und seine Kollegen den neuen Fall betreffend nichts weiter hatten unternehmen können, hatte Schlick die gesammelten Hinweise und die ergebnislosen Befragungen der Bauarbeiter auf der Baustelle des Lübecker Flughafens in der Akte dokumentiert und sich zu diesem Zweck einmal mehr mit dem neuen Computersystem herumgeschlagen. Irgendwann hatte ihn Erik Andresen alleine im Büro in der Dienststelle zurück gelassen. Normalerweise hätte er Schlick geholfen, aber Andresen hatte sich erinnert, dass er seine Wohnung in einem totalen Chaos zurück gelassen hatte und sich dringend darum kümmern sollte.

Es war dann doch schon dunkel, als Schlick schließlich in die kleine Ganggasse einbog, die zu einem Hinterhof führte. Er rümpfte die Nase, als ihm der beißende Gestank von Urin in die Nase stieg.

Scheiß Penner, fluchte er tonlos, obwohl er wusste, dass vor allem jugendliche Passanten den dunklen Durchgang als Toilette benutzten, wenn sie durch die Stadt zogen.

Schlick ging etwas schneller und kam in einen kleinen Hinterhof. An dessen Ende lag idyllisch, in üppige Beete eingerahmt und vom Hofeingang nicht einsichtig, die geräumige Terrasse, auf der er schon so manchen schönen sommerlichen Abend verbracht hatte. Allerdings war jetzt Herbst und weder an einen idyllischen, noch gemütlichen Abend im Freien zu denken.

Nachdem er eingetreten war, unternahm er seine abendliche Routine. Die schien schon ganz von selbst abzulaufen und man hätte sich fragen können, ob Schlick die Handgriffe nicht schon im Schlaf gelängen. In der Küche setzte er einen Teekessel auf, im Wohnzimmer mit Blick auf die Terrasse ließ er die Jalousien herunter, entfachte ein Feuer im Kamin. Erst dann legte er ab, vergewisserte sich, dass die Tür verschlossen war und legte zwei Balken zur Einbruchsicherung an der Innenseite der Tür vor. Jetzt atmete er auf. Der Tee war fertig. Dazu gab es am heutigen Abend ein Fertiggericht aus Kohlwurst und Grünkohl, genau das Richtige für einen unangenehm nasskalten Tag wie diesen.

Während Schlick aß und zwischendurch gedankenverloren ins Feuer schaute, versuchte er, einfach an nichts zu denken. Er war ganz allein mit sich, dem Feuer und seiner Mahlzeit. Doch heute Abend drängte sich ihm ein beunruhigender Gedanke auf.

Was würde er machen, wenn er nächste Woche um diese Zeit nicht mehr von der Arbeit nach Hause käme? Dieser Gedanke hämmerte in seinem Kopf. Sein Herz klopfte. Wie würde er seinen Tag verbringen? Was könnte er denn überhaupt tun? Erst mit dem letzten Bissen der Kohlwurst konnte er sich von diesem Gedanken lösen.

Nach dem Essen ging er nach hinten in den Raum zu einem großen Esstisch, wo er das Licht einschaltete. An den Wänden hingen Fotos, Notizen und unzählige Zettel. Einige waren mit Fäden verbunden, die mit Reißzwecken befestigt waren. Nach dem Tod seiner Frau hatte er sich in die Arbeit gestürzt. Feierabend gab es für ihn eigentlich keinen mehr und er war froh, sich auf eine für ihn interessante Weise beschäftigen zu können. Bloß nicht an die Einsamkeit denken, hatte er sich gesagt. Und da er ohnehin keinen Besuch mehr gehabt hatte, war dies der ideale Ort, um seine Gedanken zu spinnen. Natürlich würde er sich mächtig viel Ärger einhandeln, wenn jemand die Fotos und Aufzeichnungen finden würde, die in Ermittlungsakten gehörten, nicht aber an die Wand in Schlicks Wohnzimmer. Aber es fragte ohnehin niemand danach. Niemand kam hier herein. Dies war sein Rückzugsort.

Schlick setzte sich an den Esstisch und sah auf die große Wand. Auch auf dem Tisch lagen bergeweise Unterlagen, daneben Schreibmaterial. Er griff in die Innentasche seines Sakkos und holte einige Bilder hervor. Der aktuelle Fall bekam seinen Platz an der Wand. Dann entkorkte er eine Flasche Rotwein, goss sich ein Glas ein, und lehnte sich zurück.

Das Verbrechen lag nun schon so lange zurück. Was hat sich wohl damals ereignet, fragte er sich. Doch dann kamen wieder die Gedanken. Ob er wohl noch Gelegenheit hatte, mehr Licht in die Sache zu bringen?

Doch da kam wieder der bohrende Gedanke: Was brächte wohl der Ruhestand mit sich? Er brauchte doch die Arbeit. Er brauchte die Ablenkung – auch von Gedanken, wie diesen. Er trank einen Schluck Rotwein und fühlte sich etwas besser.

Dienstag

Schlick hatte die Nacht ruhig geschlafen. Offenbar hatte der Wein hierzu sein übriges getan. Ins Bett hatte er es wie gewöhnlich nicht geschafft, sondern war auf der Couch im Wohnzimmer vor dem Kamin eingeschlafen. In der Nacht war der kalte Ostwind abgeflaut und der neue Tag hatte eigentlich schönes Wetter bringen sollen. Doch es kam anders, wie so oft.

Als Schlick an diesem morgen mit nassen Händen die Tür zu seinem Büro öffnete, war Andresen bereits da und begrüßte ihn mit einem „guten Morgen". Er schenkte ihm unaufgefordert eine Tasse Kaffee ein und stellte sie ihm auf den Tisch.

„Guten Morgen?", brummte Schlick zurück, denn er war auf dem Weg zur Dienststelle von dem einsetzenden Regen überrascht worden und daher ziemlich nass.

„Regnet es etwa?", grinste Andresen schelmisch.

„Nein gar nicht. Ich bin unterwegs noch kurz in den Kanal gesprungen", grummelte Schlick. Andresen kam immer mit dem Auto, während er seit einigen Jahren lieber zu Fuß ging.

„Angermeier hat sein vorläufiges Gutachten fertig gestellt", wechselte Andresen das Thema und schien etwas ausgeruhter und insgesamt besser gestimmt, als am Vortage.

„Und?", fragte Schlick und hängte seine nasse Jacke an den Garderobenständer hinter der Tür. Doch bevor Andresen antworten konnte, wurde die Tür in altbekannter Manier klopfend aufgestoßen.

„...und das hier sind Erik Andresen, Ihr neuer Kollege und.", Justus Heinrich blickte sich seine Strähne aus dem Gesicht wedelnd suchend um. Schlick, der noch auf der anderen Seite der Tür am Garderobenständer stand, schloss diese jetzt hinter einer etwa dreißigjährigen Frau mit kastanienbraunem mittellangem Haar und sportlicher Figur.

„Ah Schlick, da sind Sie ja", bemerkte ihn sein Vorgesetzter. „Und das hier ist Günther Schlick." Heinrich stellte die neuen Kollegen in der für ihn unüblich überhasteten Art vor und wandte sich zum Gehen. Instinktiv öffnete ihm Schlick die Tür und Dr. Heinrich rauschte davon. Er ließ eine etwas hilflos dreinblickende Sonja Hoffmann zurück. Für einen Moment standen alle drei reglos im Raum, bevor sich die neue Kollegin schließlich namentlich vorstellte und ihr Andresen einen Stuhl anbot.

„Frau Hoffmann, schön Sie kennen zu lernen", sagte Schlick, setzte sich und lehnte sich gemütlich auf seinem Bürostuhl zurück.

„Wir waren gerade dabei über den Fall des Leichenfunds am Flughafen zu sprechen" In kurzen Sätzen berichtete er. Dann öffnete er die Akte und entnahm ihr Angermeiers vorläufiges Gutachten. Diesem war zu entnehmen, dass es sich bei dem Toten um einen Mann von etwa vierzig Jahren handelte, der allerdings schon seit über sechzig Jahren dort in der Erde lag. Die älteren Frakturen am Kiefer waren post-mortem entstanden und wurden damit als Todesursache, die noch nicht feststand, ausgeschlossen. Die Herkunft der neueren Frakturen am Kiefer schloss Angermeier logischerweise ebenfalls als Todesursache aus. Der Tote war mitsamt seiner Kleidung begraben worden. Diese und auch der Leichnam waren gründlich verwest.

„Somit wird ein Unfall als Todesursache weiter nicht ausgeschlossen", verlas Schlick und legte die Akte beiseite. „Sagen Sie, Frau Hoffmann, Sie waren noch nie bei uns in Lübeck, oder?", fragte Schlick und als diese verneinte, wandte er sich an Andresen. „Erik, führ doch Frau Hoffmann etwas herum. Und schau doch bei dieser Gelegenheit bei Angermeier vorbei, ob um den Toten herum nicht irgendetwas gefunden wurde. Davon steht hier nämlich nichts." Er deutete auf die Akte.

„Eine Frage habe ich allerdings noch", begann die Kommissarin, „wieso kümmern sich mittlerweile drei Kommissare um diesen einen Fall?"

Schlick schnaubte durch die Nase: „Der Chef bereitet schon seit Monaten meinen Ruhestand vor. Ich, wir, bekommen nur noch diese langweiligen Fälle."

„Das sollten wir jetzt nicht vertiefen!", wiegelte Andresen das Thema ab und warf Schlick schnell einen vielsagenden Blick zu.

„Das würde ich aber schon gerne wissen."

„Der Chef wollte mich schon vor einem halben Jahr

in Frühpension schicken. Damals hatten wir uns allerdings die Zähne an einem Fall ausgebissen, der kurz vor der Aufklärung stand. Da konnte ich natürlich nicht so einfach gehen", grinste der Kommissar. „Also musste der Termin für meine Pensionierung verschoben werden. Glücklicherweise!"

„Und eigentlich bleibst Du sowieso lieber bei uns, als in Pension zu gehen", ergänzte Andresen und zwinkerte der Neuen zu. „Und jetzt los."

Als Andresen mit der neuen Kollegin gegangen war, lehnte sich Schlick wieder zurück und schlürfte an seinem Kaffee. Sein Blick schweifte über seinen aufgeräumten Schreibtisch. Selten war es bei ihm so aufgeräumt und leer gewesen. Dabei fragte er sich, ob Andresen wohl genauso gut mit einer Kollegin zurecht kommen würde, wie mit ihm. Schließlich kannten sie sich schon eine lange Zeit und Schlick war für Andresen mehr als nur ein Kollege geworden.

Es klopfte und Schlick wurde jäh aus seinen Gedanken gerissen. Er stellte die Tasse ab und bat herein. Ein Uniformierter führte einen etwa 50-jährigen Mann in knittrigem, nicht mehr ganz sauberen Anzug herein. Schlick bot dem Mann den Besucherstuhl auf der anderen Seite seines Schreibtisches an. Während dieser sich setzte, beobachtete der Kommissar ihn mit geschultem Auge. Sein Hemd war nicht mehr ganz frisch und die Aktentasche, die er auf seine Knie nahm, war abgewetzt. Ein schweres aufdringliches und eher billiges Parfüm erfüllte den Raum.

„Paulsen, Gerd Paulsen“, stellte sich der Mann vor, während er Platz nahm.

„Was führt Sie zu mir, Herr Paulsen?“ Schlick faltete die Hände vor seinem schon etwas rundlicheren Bauch.

„Sie bearbeiten doch den Fall am Lübecker Flughafen?“

„Ja, das ist richtig“, antwortete Schlick gedehnt.

„Ich habe es gestern schon einmal versucht.“ Obwohl sie alleine im Raum waren, sah sich der Mann aus den Augenwinkeln nervös um. „Ich komme am besten gleich zur Sache. Es geht um die Leiche, die Sie gefunden haben, den Toten. Ich habe einige Informationen für Sie, die Sie interessieren werden.“ Bei diesen Worten klopfte er mit den Händen auf die Ledertasche. Schlick bemerkte die offenen Stellen an den Händen seines Gegenübers. Der Mann litt offenbar an Neurodermitis und hatte seine Handrücken aufgekratzt, vielleicht auch der Aufregung wegen, schloss Schlick.

„Was haben Sie für Informationen?“, fragte er, wobei er sich aber Mühe gab, nicht zu interessiert zu klingen. Der Mann sah beleidigt aus dem Fenster.

„Sie interessieren sich ja doch nicht dafür“, sagte er und fügte nach einer kurzen Pause hinzu: „Sie werden wahrscheinlich nicht einmal einen Blick darauf werfen.“ Er wirkte bei diesen Worten wie ein Kind, das sich mehr Aufmerksamkeit von seinen Eltern erhofft.

„Wir prüfen alle Hinweise sorgfältig. Aber wenn Sie Hinweise auf ein Verbrechen vorenthalten...“

„Verbrechen!“, unterbrach ihn der Mann und öffnete

die Aktentasche. „In der Tat ein Verbrechen", sagte er und legte einen fein säuberlich gehefteten Aktenordner auf Schlicks leeren Schreibtisch. „Die Originale habe ich gut verwahrt", fügte er dann noch hinzu, erhob sich und wollte gehen.

„Moment mal, Herr.", Schlick hatte den Namen nicht so schnell parat. „Sie müssen mir schon erklären, woher Sie diese Informationen haben und was es damit auf sich hat, Herr Paulsen!", rief er dem Mann hinterher, der sich in der Tür kurz umdrehte und mit den Worten „alles selbsterklärend" verschwand.

Schlick war verdutzt und öffnete den Deckel des Aktenordners. Nach dem Inhaltsverzeichnis, das ordentlich und in sauberer Handschrift aufgelistet war, fand Schlick eine ganze Sammlung Kopien alter Dokumente. Während er den Ordner durchblätterte, klappte seine Kinnlade herunter. Augenblicklich griff er zum Telefonhörer. Der Kollege von der Pforte meldete sich.

„Der Mann, den Sie hochgebracht haben. Ist der noch im Hause?", fragte Schlick schnell.

„Nein, der ist eben raus", kam die Antwort. „Scheint es eilig gehabt zu haben."

„Personalien?", fragte Schlick. In diesem Augenblick betraten Andresen und Hoffmann das Büro und er deutete ihnen mit knapper Geste, Platz zu nehmen.

„Keine aufgenommen. War Besuch", kam die Antwort.

„Achja, stimmt. Danke", gab Schlick zurück und legte auf. Er zeigte auf den Aktenordner und wandte sich seinen Kollegen zu, die ihn erwartungsvoll ansahen. „Es gibt Arbeit für uns.“

* * *

Zum Mittag traf sich Dr. Justus Heinrich für gewöhnlich mit Bekannten und Größen aus Lübeck. Als gebürtiger Lübecker war er nicht nur mit der Stadt vertraut, sondern kannte sprichwörtlich jedermann. An diesem Dienstag war er mit der Bürgermeisterin der Hansestadt zum Mittagessen in einem Restaurant am Koberg verabredet. Die beiden kannten sich schon aus Schulzeiten und unterhielten sich, immer wenn sie sich sahen, neben vielen anderen Dingen am liebsten über ihr gemeinsames Hobby, das Segeln. Da ihr letztes Treffen schon eine Weile her war, freute sich Heinrich heute umso mehr auf das Mittagessen, zumal auch das Restaurant am Koberg besondere Fischspezialitäten führte. Doch heute sollte es anders kommen. Der Leiter der Lübecker Polizei wartete bereits an seinem Stammtisch, als seine alte Schulfreundin mit zwei Männern im Gefolge das Restaurant betrat. Heinrich erhob sich.

„Justus, sei mir gegrüßt!“, sagte die Bürgermeisterin, Gesine Schmidt, überschwänglich. Sie hatte sich eine Art eines einnehmenden Wesens angeeignet, was aber nicht bei Jedem gut ankam. Diesmal war jedoch etwas anders an ihrer Art, die Überschwänglichkeit schien gezwungen und aufgesetzt, was jedoch nur ein enger Vertrauter bemerken würde, der sie schon Jahre kannte.

Heinrich fiel das sofort auf.

„Ich hoffe, es macht dir nichts aus, heute in größerer Runde zu essen?" Sie deutete auf die Gäste, die ihr gefolgt waren. „Wolfgang Clausen und Du, ihr kennt euch bereits? Dann darf ich noch vorstellen: Klaus-Dieter Hinze, Justus Heinrich." Die Bürgermeisterin ließ bewusst die akademischen Titel weg. Diese Unsitte hatte sie sich wohl angewöhnt, weil sie selbst keinen führte. Die beiden Vorgestellten gaben Heinrich die Hand und sie setzten sich an einen größeren Tisch. Die Bürgermeisterin gab sich übertrieben locker und redete über belanglose Dinge, während sie bestellten und auf das Essen warteten. Justus Heinrich beobachtete sie scharf, während er sich ebenfalls ungezwungen gab. Ihm missfiel es sehr, dass das Essen zu einem Geschäftstermin umfunktioniert worden war, aber im Laufe der Jahre hatte er gelernt, dass es dazu gehörte, auch bei unangenehmen Gesprächspartnern freundlich und höflich zu sein, allein um die politischen Kontakte zu pflegen, die sich später aufgrund ihres Einflusses als nützlich erweisen könnten. Nach den Getränken wurde inzwischen der Fisch serviert. Während des Essens kamen schließlich das Anliegen der beiden Herren zur Sprache.

„Mein lieber Justus", begann die Bürgermeisterin mit gedämpfter Stimme, „mir ist da von Wolfgang und Klaus-Dieter etwas zugetragen worden. Genauer gesagt, handelt es sich um ein Problem von großer Wichtigkeit." Sie sah zuerst den Geschäftsführer des Flughafens und dann den Wirtschaftssenator fragend an. Heinrich

hatte sich schon gedacht, dass die Herren dem Mittagessen nicht ohne Grund beiwohnten und hatte schon
einen stillen Verdacht.

„Es geht um Ihre Ermittlungen am Flughafen", Wolfgang Clausen fühlte sich aufgefordert, etwas zu sagen
und ergriff das Wort. „Kurz gesagt: Die durch Ihre Ermittlungen hervorgerufenen Verzögerungen im Ausbau
kosten die Hansestadt Millionen. Durch die Verzögerung riskieren wir sogar, den Käufer zu verlieren." Er
hatte einen Hang zum Übertreiben und alles Weitere
seinem Gegenüber zu überlassen. Justus Heinrich runzelte die Stirn, als sich sein Verdacht auf diese durchaus
plumpe Art und Weise bestätigte und reagierte bewusst
nicht gleich auf das Gesagte. Stattdessen beschäftigte er
sich geflissentlich mit dem Zander auf seinem Teller.

„Millionen, das ist vielleicht ein bisschen übertrieben", nahm der Geschäftsführer des Lübecker Flughafens dem Wirtschaftssenator den Wind aus den Segeln.
„Aber Ihre Beamten verzögern die Ermittlungen. Die
Baustelle hätte doch inzwischen wieder freigegeben werden können. Stattdessen wurde quasi mit Ausgrabungen
begonnen. Schließlich handelt es sich ja hier auch nicht
um ein aktuelles Verbrechen." Und nachdem er an seinem Wasser genippt hatte, fügte er hinzu: „Manchmal
ist es besser, Vergangenes ruhen zu lassen. Zum Wohle
aller." Bei diesen Worten zerschnitt der Wirtschaftssenator geräuschvoll eine Kartoffel. Die Stimmung fröstelte
und das eingefrorene Lächeln der Bürgermeisterin pass-
te nicht so ganz zur Situation, die auch ihr höchst un-

angenehm war.

„Herr Clausen, Herr Hinze, bitte haben Sie Verständnis, dass ich zu laufenden Ermittlungen keine Auskunft geben kann. Wenn die Baustelle noch nicht freigegeben ist, wird das sicher seine Gründe haben.“

„Lieber Justus“, unterbrach ihn seine Schulfreundin, „wir wollen uns doch gar nicht in deine Arbeit einmischen.“ Sie machte eine beschwichtigende Geste mit ihrem Messer. „Aber wir wären Dir dennoch sehr dankbar, wenn Du Dich persönlich dieser für unsere Stadt so wichtigen Sache annehmen würdest.“ Wieder gestikulierte sie mit ihrem Besteck. „Außerdem ist es nicht so, dass wir der Meinung sind, es nicht mit fähigen Beamten zu tun zu haben. Aber wir können gerade jetzt Dein Krisenmanagement gebrauchen.“ Die Herren nickten zustimmend.

„Wir würden uns natürlich auch für Ihre Bemühungen erkenntlich zeigen“, fügte der Wirtschaftssenator spitzfindig hinzu. „Vielleicht nicht sofort, aber möglicherweise ergeben sich im Laufe der Zeit entsprechende Gelegenheiten?“ In der Tat war Heinrich der Meinung, seine Position schon viel zu lange inne gehabt zu haben. Allerdings gab es eines, was er überhaupt nicht leiden konnte, und das waren Menschen, die sich herausnahmen, mit Geld und Macht jeden und alles so zu beeinflussen, wie es ihnen gerade in den Sinn kam. Mal ganz davon abgesehen, dass er so etwas wie Korruption hasste.

„Was der Wirtschaftssenator sagen wollte“, sprang

schnell Geschäftsführer Hinze ein, der das leichte Zucken um die Mundwinkel des Landesbediensteten bei den Worten des Senators bemerkt hatte, „ist, dass sich die Bürger Lübecks und alle, die hier im Umkreis den Flughafen in der Vergangenheit genutzt haben darüber freuen, wenn sie einen neuen, größeren Flughafen in der Gegend haben, von dem sie noch mehr Ziele erreichen können. Und für die öffentlichen Kassen würde das schließlich auch Mehreinnahmen bedeuten, auch durch die Geschäfte mit der regionalen Wirtschaft. Und diese Mehreinnahmen der öffentlichen Hand kommen auch Ihrem Budget zugute."

„Das ist ja alles schön und gut", erwiderte Justus Heinrich nach dieser langen Rede. „Ungeachtet dessen, dass ich in keine laufenden Ermittlungen eingreifen kann, würde mich persönlich interessieren, was denn die Lübecker Bürger zu Ihren Plänen, den Flughafen nach dem Ausbau an die Chinesen zu verkaufen, sagen?"

„Aber mein Herr Heinrich", fuhr ihm der Senator dazwischen. „Wer wird denn schon unseren schönen neuen Flughafen an die Chinesen verkaufen? Das ist doch nur wieder das Geschwätz halb informierter Wichtigtuer, die den Ausbau verhindern wollten."

Dem aufmerksamen Beobachter hätte nicht entgehen können, wie sich Klaus-Dieter Hinzes Haltung versteift hatte. Das Lächeln in seinem Gesicht war starr und aufgesetzt wie eine Maske. Auch Justus Heinrich war dies nicht entgangen.

„Wer den Flughafen betreibt, darauf kommt es doch

nun wirklich nicht an. Viel wichtiger ist doch, dass es einen Flughafen gibt und dass dieser für Mehreinnahmen sorgt und für eine bessere Infrastruktur in der Region. Diesen Mehrwert sollten wir zu keinem Zeitpunkt aus den Augen verlieren", stellte Hinze nachdrücklich fest und versuchte, trotz seiner Anspannung freundlich zu wirken. „Daher sind wir doch alle auf derselben Seite."

„Und wer weiß, lieber Justus, vielleicht bringen auch Dir ein paar gute Kontakte in der Wirtschaft einmal ein paar gute Verbindungen. Du möchtest doch auch nicht ewig auf deinem Posten hier in Lübeck sitzen bleiben?" Dass die Bürgermeisterin damit nicht ganz unrecht hatte, ließ sich Justus Heinrich in diesem Moment nicht anmerken. Er hatte schon lange Interesse, sich auch auf der Karriereleiter weiter zu entwickeln und sich ganz neuen Herausforderungen zu stellen. Dass er seinen Namen mittlerweile bereits erfolgreich ins Gespräch hatte bringen können, erwähnte er an dieser Stelle jedoch nicht. Stattdessen wartete er ab, doch das Gespräch ergab nichts Neues oder Interessantes mehr. Schließlich zahlte die Bürgermeisterin, sie verabschiedeten sich und Heinrich erklärte, sich der Sache anzunehmen, bevor er sich zum Gehen wandte.

Draußen atmete er auf. Die Situation hatte ihm ganz und gar nicht gefallen und er musste der Sache auf den Grund gehen. Welche Rolle nahm dabei seine alte Schulfreundin ein? Er ging um die Ecke in die Engelsgrube und dort etwas bergab. Ein paar Minuten später hatte er Glück. Die Bürgermeisterin hatte sich vor dem

Restaurant von ihren Begleitern verabschiedet und die Herren hatten sich entfernt, als Justus Heinrich sie in der Seitengasse, die sie immer nach ihren gemeinsamen Essen nahm, zur Rede stellte.

„Gesine!", stoppte er sie. „Was bitte war das denn?"

„Justus", erschrak die Angesprochene und wich einen Schritt zurück. „Es tut mir leid", sagte sie dann schnell. Hier draußen im Tageslicht sah sie direkt mitgenommen aus. „Ich konnte leider nicht anders." Sie sah sich verstohlen um.

„Du siehst nicht gut aus", stellte er fest. „Und was heißt, Du konntest nicht anders?" Und dann fügte er noch hinzu, als sie nur die Gasse herunter blickte und nichts sagte: „Gibt es etwas, was du mir besser erzählen möchtest?"

* * *

Sonja Hoffmann kam mit einer Tüte in der Hand herein und setzte sich Schlick gegenüber auf den Besucherstuhl. Sie öffnete die Tüte und holte die Rosinenschnecken heraus, die sie vom nahegelegenen Bäcker mitgebracht hatte. Die beiden Kommissare waren in die Akte vertieft, die der merkwürdige Besucher vor knapp zwei Stunden dagelassen hatte. Seither sichteten Schlick und Andresen die Unterlagen, während die neue Kollegin als erste Amtshandlung auf der neuen Dienststelle den Überbringer der Unterlagen überprüfte und seine persönlichen Daten sowie seine Adresse ermittelte.

Schlick sah auf. Der Duft der Rosinenschnecken, die er so gerne aß, war ihm in die Nase gestiegen. Sonja Hoffmann reichte ihm eine der Köstlichkeiten.

„Ah, Frau Hoffmann. Vielen Dank für die Schnecke", nahm er eine Rosinenschnecke in Empfang und hob prüfend mit der anderen Hand seine Kaffeetasse an, in der noch Kaffee war. „Auch wenn wir erst kurz und auch nicht mehr lange zusammen arbeiten, möchte ich Ihnen gerne das Du anbieten. Bitte nennen Sie mich doch Günther."

„Sonja", sagte die Neue erfreut und sie gaben sich die Hand. Schlick schenkte seinen Kollegen Kaffee ein.

„Wollen wir zusammen tragen, was wir herausgefunden haben?", fragte er dann in die Runde und biss in die Rosinenschnecke. Andresen nickte zustimmend.

„Dann mache ich am besten den Anfang", sagte Hoffmann, „dann wissen wir, mit wem wir es zu tun haben." Sie erhob sich und befestigte ein Bild von Gerd Paulsen mit einem Magneten auf dem Whiteboard. „Gerd Paulsen ist siebenundfünfzig Jahre alt und wohnt draußen in Moisling. Keine Vorstrafen. Während einer Demo am Flughafen hat sich Paulsen an ein Tor gekettet, um die Baufahrzeuge an der Einfahrt zu hindern. Wir haben ihn dort entfernt. Ist ganz aktiv in diversen Umweltzeitschriften und absoluter Gegner des Flughafenausbaus, mehr allerdings nicht."

„Ach, der Verrückte von der Demo gegen die Flughafenerweiterung. Daher kam mir der Name irgendwie bekannt vor", kommentierte Andresen vielsagend.

Sonja Hoffmann war noch nicht lange in Lübeck und hatte von dem Protest nur am Rande in der Zeitung gelesen.

„Nach Unterzeichnung einer Unterlassungserklärung wurde keine Anzeige seitens des Flughafenbetreibers erstattet“, setzte sie ihre Erläuterungen fort und notierte die Stichworte auf dem Whiteboard, während sie weiter sprach. „Paulsen ist gebürtiger Lübecker, besitzt keinen Führerschein und auch keinen Reisepass. Er ist nach dem Tod seiner Eltern aus deren Haus ausgezogen. Insgesamt eher unauffällig, mal abgesehen von der Demo“, fasste sie zusammen. Dann sah sie ihre Kollegen erwartungsvoll an. „Und bei euch? Was konntet ihr herausfinden?“ Sie setzte sich wieder.

„Die Unterlagen sind allesamt Kopien von Dokumenten“, sagte Andresen und blieb sitzen, „die anscheinend aus den 1940ern stammen.“ Seine Kollegin zog überrascht die Augenbrauen hoch. „Im ersten Durchsehen sind mir zwei Sachen aufgefallen. Erstens legen die Unterlagen nahe, dass unser Toter damals einer bei den Arbeiten am Flughafen umgekommener Zwangsarbeiter gewesen sein soll. Zweitens soll ein gewisser Major Edelbert Hinze einer der für den Ausbau verantwortlichen Offiziere gewesen sein. Dann ist da noch eine handschriftliche Notiz die besagt, dass der Major der Vater des amtierenden Geschäftsführers des Lübecker Flughafens sei“, fasste Andresen das Gelesene zusammen.

„Na, wenn das kein Zufall ist“, platzte Hoffmann heraus. Schlick sah sie an und schmunzelte innerlich über ihren Eifer, während sein Kollege fortsetzte.

„Moment" Andresen hob den Zeigefinger. „Der Tote soll nicht der einzige sein. Diesen Dokumenten nach liegen unter dem Rollfeld noch mindestens zwanzig weitere Leichen."

„Ein Massengrab", kommentierte seine Kollegin mit tonloser Stimme.

„Abwarten", brummte Schlicks tiefer Bass und der Kommissar stützte sich mit den Ellenbogen auf den Schreibtisch. „Wir können nicht mit Bestimmtheit sagen, ob diese Dokumente überhaupt echt sind", gab er zu bedenken. „Mir ist die gute Qualität der Kopien aufgefallen. Kopierer gab es im Dritten Reich noch nicht. Das heißt also, dass diese Kopien erst viel später entstanden sind. Und mehr als Kopien haben wir hier auch nicht." Er trank einen Schluck Kaffee und blätterte demonstrativ durch einen der Papierstapel. Dann fügte er hinzu: „Und Kopien können leicht so aussehen, als stammen sie von alten Dokumenten. Was wir also brauchen, sind die Originale, falls diese überhaupt existieren."

„Warum zweifelst Du daran, dass es die Originale gibt?", fragte Andresen.

„Findet ihr es nicht auch reichlich merkwürdig, dass solche Unterlagen gerade jetzt auftauchen? Und zufällig werfen diese ein schlechtes Licht auf den Geschäftsführer des Flughafens", gab Schlick zu bedenken. „Allein das ist schon verdächtig, mal abgesehen von den Unterlagen selbst."

„Aber sollten wir nicht diesem Paulsen einen Besuch ab und schauen, ob er die Originale der Unterlagen herausrückt?", schlug Hoffmann vor.

„Aber dadurch verlieren wir Zeit", meinte Andresen. „Vielleicht sollte Angermeier sofort in der Umgebung der ersten Fundstelle suchen. Immerhin haben wir durch den ersten Knochenfund einen hinreichenden Verdacht. Jetzt ohne Verzögerung weiter zu suchen, wäre letzten Endes auch im Sinne des Flughafens, da ja wegen des Ausbaus keine Zeit verloren gehen soll. Bevor wir hinterher feststellen, dass die Unterlagen doch echt sind, kann doch Herr Angermeier sich noch ein wenig umsehen, wo er doch ohnehin schon dabei ist."

„Und wenn sich die Unterlagen als Fälschung heraus stellen?", fragte Schlick in die Runde.

„Dann haben wir trotzdem gründliche Ermittlungen angestellt und zugleich versucht, Zeit zu sparen. Wenn wir erst warten, was die Prüfung der Unterlagen ergibt, und dann wieder alles aufreißen lassen müssen, hat der Flughafen nichts gewonnen und möglicherweise sind Beweise vernichtet worden", antwortete Hoffmann.

Schlick nickte bedächtig. „Dann seid ihr also beide dafür?" Die beiden nickten mit dem Kopf. Doch ganz wohl war ihm dabei nicht, als er schließlich zum Telefonhörer griff und Angermeier bat die Untersuchungen am Flughafen auszuweiten.

„Und wir", sagte er schließlich, nachdem er das kurze Telefonat beendet hatte, „werden jetzt Herrn Paulsen einen Besuch abstatten."

Gesine Schmidt entspannte sich. Genüsslich zog sie tief an ihrer E-Zigarette und atmete aus. Es dämmerte bereits und sie genoss die frische Luft, den Geruch der Pferde und kein Geräusch als das leise Schnauben, das Trappeln der Hufe auf dem Dressurplatz und die gelegentlichen Anweisungen der Reitlehrerin, die ihrer Tochter Anweisungen gab. Diese reitete schon seit Jahren und bereitete sich und ihren Wallach heute auf eine Prüfung in der S-Dressur vor. Gesine war stolz auf ihre Tochter, sie war ihr Ein und Alles. Nur zu selten schaffte sie es, hier her zu kommen und sie bei ihrem Hobby zu beobachten. Dabei hätte die Reitanlage am Rittbrook nicht idyllischer liegen können. Direkt angrenzend an einen Wald bot diese zahlreiche Möglichkeiten für stundenlange Ausritte, und war doch zentral und gut erreichbar in Lübeck gelegen.

Gedankenverloren schaute sie nach diesem stressigen Tag dem Dampf hinterher, den sie ausatmete und beobachtete, wie dieser sich in Luft auflöste, als ihr Handy vibrierte. Sie ignorierte den Anruf geflissentlich. Nach einer halben Minute wurde sie abermals angerufen. Sie sah auf das Handy, doch die Rufnummer war unterdrückt. Der Anrufer musste ein drittes Mal anrufen.

„Hallo?", ging sie schließlich genervt an das Telefon.

„Frau Schmidt. Kommen Sie doch kurz herüber zu Ihrem Wagen. Wir haben etwas zu besprechen", sagte eine ihr bekannte Stimme auf freundliche Art, die jedoch keine Widerrede duldete.

„Aber.", wollte die Angerufene einwenden, doch da war das Telefonat bereits beendet. Einen kurzen Moment war sie unentschlossen, doch dann musste sie sich schließlich aufraffen. Sie signalisierte ihrer Tochter, sie müsse kurz zum Wagen gehen und verließ die Reitanlage über den Parkplatz. Auf der Straße angekommen sah sie sich um. Nichts. Sie blickte in Richtung des Waldes und sah das Aufblinken von Scheinwerfern. Auf dem kleinen Parkplatz unter den Bäumen, direkt an der Einfahrt des Waldes, stand eine große schwere Limousine. Warmes Licht empfing sie im Inneren, als ihr die Tür geöffnet wurde.

„Frau Schmidt. Wie schön, dass Sie für uns Zeit finden konnten." Der Mann, der sie begrüßte, war klein, mittleren Alters, sehr gepflegt und offensichtlich top fit, obwohl er vermutlich noch nie irgendeine körperliche Arbeit geleistet hatte, mal abgesehen davon, sich aktiv in Sportstudios zu betätigen.

„Warum kommen Sie zum Reitstall meiner Tochter?", fragte sie den Mann entrüstet. Sie hatte ihn als Rechtsanwalt aus Hamburg kennen gelernt, der eine Firma vertrat, die ihren Informationen nach wiederum nur den Zweck hatte, es ausländischen Investoren zu ermöglichen, ihr Geld in deutsche Immobilien zu investieren. Er war also etwas, das man durchaus einen Strohmann nennen konnte.

„Sie wissen doch, Frau Schmidt, dass ich das persönliche Gespräch vorziehe. Darüber hinaus hatte ich den Eindruck, sie wären erfreut darüber, uns ihre Hilfe anbieten zu dürfen. Schließlich sind wir hier am Reitstall Ihrer Tochter", sagte er in bewährter Manier.

„Sie haben hier nichts verloren", sagte die Bürgermeisterin giftig. „Und halten Sie meine Tochter da raus!"

„Frau Schmidt", lächelte der Mann, „es ist schließlich unser Geld, dass Ihnen erlaubt, Ihre Tochter hier beobachten zu können, nicht wahr?" Gesine Schmidt schluckte und sah betreten zu Boden. „Außerdem liegt uns nichts ferner, als Dritte einzubeziehen. Die Sache geht nur Sie und uns etwas an", stellte er in freundlichem Tonfall fest.

„Gut. Worum geht es?", gab sie sich gesprächiger und sah auf. „Bitte entschuldigen Sie, ich hatte einen langen und anstrengenden Tag."

Der Mann lächelte. „Das ist kein Problem, Frau Schmidt." Er deutete auf einen Tablet-PC, auf dem eine Karte zu sehen war. „Was ich Ihnen heute zeige, das bleibt selbstverständlich unter uns. Sehen Sie, das sind die Gebiete, die wir aktuell aufgekauft haben und entwickeln. Die gelb markierten Grundstücke möchten wir langfristig kaufen. Und sehen Sie hier, dieses Gebiet ist für uns von besonderem Interesse." Er deutete auf eine besonders große Markierung.

„Warum zeigen Sie mir das?", fragte die Bürgermeisterin.

„Frau Schmidt, Sie sind eine einflussreiche Frau. Und Sie können nicht sagen, dass unsere Zusammenarbeit

Ihren Einfluss und ihre politische Karriere geschmälert hätte. Im Gegenteil. Oh keine Sorge", sagte er, als sie sich bei seinen Worten verstohlen im Fahrzeug umgesehen hatte. „Dieses Fahrzeug ist komplett abhörsicher. Was ich von Ihnen möchte, ist einmal mehr Ihre Kooperation. Verhelfen Sie uns zu einem erfolgreichen Geschäft. Das würde nicht nur das lübbsche Haushaltsdefizit verringern, sondern darüber hinaus Ihre Reputation stärken." Er lächelte gewinnend und wusste, dass sie nicht nein sagen würde.

„Was genau soll ich tun?", fragte sie schließlich.

„Das ist ganz einfach. Sorgen Sie dafür, dass das Geschäft mit den Chinesen ins Wasser fällt. Anschließend holen Sie unsere Geschäftspartner ins Boot."

„Es wird Widerstand geben", sagte sie leise in den Raum.

„Das nehmen wir in Kauf. Sie wissen doch aus Erfahrung, dass wir Sie damit nicht alleine lassen. Das schaffen Sie. Auch diesmal."

Als Gesine Schmidt aus dem Auto stieg hatte sie einmal mehr das Gefühl, ihr würde die Situation entgleiten. Wie eine Marionette würde sie wieder einmal genau das tun, was andere von ihr verlangten. Ihr ging es dabei nicht schlecht, doch den Teil ihrer selbst, der sie aufforderte sich zu widersetzen, hatte längst begonnen zu schweigen.

* * *

„Ist jemand zuhause?", klopfte Andresen an die Tür des kleinen Häuschens, das im Garten eines anderen Hauses stand. Es handelte sich eher um eine Gartenlaube, als um ein Haus, klein, heruntergekommen und, wie man durch die dreckigen Fenster nur schwerlich erkennen konnte, innen schimmlig und verlottert. Die Tür war nur angelehnt.

„Hallo! Ihre Tür steht offen. Wir kommen jetzt herein!", rief Andresen in das Häuschen hinein. Stille folgte. Der Geruch von Schimmel und Moder schlug ihnen entgegen. Die Kommissare sahen sich an. Eigentlich dürften sie dort nicht hereingehen, andererseits stand die Tür schließlich einladend offen. Sie öffneten die Tür und betraten vorsichtig das Häuschen. Es dauerte einen Moment, bis sich ihre Augen an die Dunkelheit gewöhnt hatten.

Im Inneren bot sich ihnen ein Bild der Verwüstung. Alles lag irgendwie herum, nichts stand mehr an seinem Platz. Angesichts der unangenehmen Wohnsituation hätte man generelle Unordnung annehmen können, allerdings wäre das Motiv, seine eigene Matratze und das alte Sofa mit einem Messer aufzuschlitzen, für den Bewohner sicherlich fragwürdig gewesen. Schlick zückte seinen Stift, an dessen Ende ein kleines LED-Lämpchen angebracht war. Ein Nachbar hatte es ihm als Werbegeschenk überlassen.

„Wie sieht es denn hier aus?", fragte Sonja Hoffmann, recht bestürzt über diesen Anblick.

„Da war jemand gründlich am Suchen", stellte Andresen fest. „Soll ich das als Einbruch melden?"

Schlick machte eine abwiegelnde Geste und bedeutete den beiden, ruhig zu sein. Er hatte aus einem angrenzenden Zimmer ein Geräusch gehört und ging vorsichtig auf die Tür zu, wobei er versuchte, auf nicht allzu viele Gegenstände zu treten.

Da war es wieder, das Geräusch! Jetzt hatten es auch die anderen beiden gehört. Andresen legte die Hand auf den Griff seiner Dienstwaffe. Es kam aus dem angrenzenden Zimmer. Schlick öffnete vorsichtig die Tür. Als sie die Ursache für das Geräusch sahen, atmeten die Kommissare merklich auf. Im angrenzenden Zimmer saß eine alte Katze auf einem Schaukelstuhl.

„Eine Katze", entfuhr es Sonja. Andresen entspannte sich und ließ den Knauf der Waffe los.

Sie überprüften die weiteren Zimmer. Alle waren verwüstet und niemand war zugegen.

Die Kommissare beschlossen, sich zunächst umzusehen und dann die Kollegen zu informieren: „Schauen wir doch einmal vorsichtig, ob wir nicht irgendetwas finden, was nach den Unterlagen aus den Vierzigern aussieht", wies Schlick seine Kollegen an. „Aber ja keine Spuren verwischen", zwinkerte er Sonja Hoffmann zu, die ihm die Zunge herausstreckte.

„Ganz schön frech, junge Dame", kommentierte Andresen, der das gesehen hatte.

„Du Günther", ignorierte sie den Kommentar, „sag mal bitte, ist es richtig, was Erik über Dich erzählt hat, Du gehst immer ohne Dienstwaffe raus?"

Schlick lachte trocken. „Ist das so ungewöhnlich?", fragte er zurück.

„Na ja.", sagte Sonja gedehnt. Andresen versuchte vergebens, ihr zu signalisieren, dass sie lieber nicht weiter fragen sollte.

„Also ich trage die Dienstwaffe normalerweise nicht bei mir. Und das schon seit 1987 nicht mehr. Ich finde Waffen unhandlich, schwer und vor allem gefährlich", brummte der Alte, während er sich in der Wohnung umsah.

„Und warum seit 1987 nicht mehr?", bohrte die Neue weiter.

„Das ist doch nicht so wichtig", versuchte Andresen die Situation zu entschärfen, die er kommen sah.

„Doch Erik, ich kann das gerne beantworten. Ich habe damals auf ein Kind geschossen. Ich wollte das nicht, es war ein Unfall. Aber es hätte eben nicht sein müssen."

„Genaugenommen war es kein Kind, auf das Du geschossen hattest, es war", unterbrach ihn Andresen, bevor Schlick ihn ebenfalls unterbrach.

„Doch es war ein Kind und es war nicht richtig. Seitdem trage ich die Waffe nur, wenn es unbedingt nötig ist. Und bislang war das auch erst zwei Mal der Fall. Wenn wir eintreffen, sind doch meistens die Kollegen schon vor Ort oder kommen dazu, wenn es um eine Verhaftung geht. Deswegen trage ich die Waffe nur dann, wenn es unbedingt notwendig ist."

„Aber Günther geht nach wie vor auf den Schießstand und kann auch abdrücken, wenn es darauf ankommt", wollte Andresen Schlick zur Hilfe kommen.

„Danke, Erik", sagte Schlick mit bestimmendem Tonfall, der dieses Thema nicht fortsetzen wollte. „Ich glaube das reicht jetzt."

Schweigend durchsuchten sie vorsichtig die Wohnung. Doch sie hatten kein Glück. Die Unterlagen, die sie suchten, waren nicht zu finden.

Schließlich traf nach einiger Zeit die Spurensicherung ein. Es war schon später Nachmittag geworden und Schlick schickte seine Kollegen wieder ins Büro zurück. Vor Ort war ohnehin nichts mehr zu machen.

„Schlick, sehen Sie sich das an!", rief nach einiger Zeit einer der Kollegen von der Spurensicherung den Kommissar in den Garten hinaus. „Das scheint erst vor kurzem angesteckt worden zu sein. Sieht aus, als wäre hier jede Menge Papier verbrannt worden." Schlick warf einen enttäuschten Blick auf einen primitiven dreibeinigen Grill, wie ihn Discounter gerne verkauften. „Da ist nichts mehr zu machen", stellte der Kollege fest und hielt mit seiner behandschuhten Hand eine große Plastikflasche in die Höhe.

„Brandbeschleuniger", stellte Schlick nüchtern fest. „Vielleicht waren das ja unsere Unterlagen?", sagte er mehr zu sich selbst und ging wieder ins Haus. Dort hatten die Kollegen inzwischen begonnen, Teile des Mobiliars wieder aufzurichten.

„Sehen Sie sich das an! Unter dem umgekippten Schrank und hier unter dem Teppich ist jede Menge Blut. Aber das hat jemand weggewischt, sehen Sie. Es ist nur unter UV-Licht zu erkennen" Der Kollege zeigte dem Kommissar die Spuren.

„Und wie alt ist es?", fragte der Kommissar.

„Das wird mein Gutachten sagen", ertönte hinter Schlick die vertraute Stimme des Forensikers. „Hallo Schlick. Was haben wir denn da." Was auf den ersten Blick so aussah, wie ein Muster auf dem Boden, entpuppte sich für das geschulte Auge des Forensikers als ein Abdruck einer Schuhsohle.

„Schauen Sie hier, Schlick. Wer die Spuren beseitigt hat, ist zuvor in das Blut hinein getreten. Der Abdruck ist gut zu erkennen. Schuhgröße 45, das kann ich Ihnen jetzt schon sagen. Wenn mich nicht alles täuscht, dann sind es die Schuhe eines Handwerkers. Oder er kommt vom Bau, da tragen die sowas. Ob es sich allerdings um menschliches Blut handelt, wird mein Gutachten sagen."

* * *

Schlick keine Lust mehr. Nachdem er von dem Paulsen'schen Anwesen zurückgekehrt war, hatte er sich einmal mehr mit der Eingabe am Computer befassen müssen. Andresen und Hoffmann waren anderweitig unterwegs gewesen, aber inzwischen wieder zurück gekehrt.

„Habt ihr beiden heute Abend eigentlich schon was vor?", fragte er in die Runde und lehnte sich auf seinem Bürostuhl zurück, die Hände vor dem Bauch gefaltet.

Andresen sah zu ihm herüber. „Du weißt doch, ich bin allein."

„Ich habe auch noch nichts vor. Obwohl einige Umzugskartons auf mich warten", sagte Hoffmann.

„Dann werden wir gleich zu einem kleinen Begrüßungs-Umtrunk für unsere neue Kollegin aufbrechen", bestimmte Schlick kurzerhand. „Dann halten wir Sie vom Auspacken ab und Dich Andresen vom Trübsalblasen."

„Wir sind schon beim Du, Günther", erinnerte ihn Sonja.

Schlick murmelte so etwas wie „ja, stimmt", bevor er noch einmal nachhakte: „Also, was haltet ihr von meinem Vorschlag?"

„Also ich bin dabei", stimme Sonja Hoffmann zu.

„Okay, da kann ich wohl nicht Nein sagen", grinste Erik Andresen. „Aber ist es nicht vielleicht ein bisschen zu früh?" Er sah auf die Uhr.

„Wir müssen doch im Fall Flughafen ohnehin auf Herrn Angermeier warten. Und so lange können wir uns auch eine kleine Pause gönnen", stellte Schlick fest.

Schon eine halbe Stunde später saßen die drei zusammen bei einem Bier in einer rustikalen Kneipe, nur um die Ecke von ihrer Dienststelle. Es war trotz der wenigen Anwesenden zwar recht laut, aber trotzdem gemütlich, wie Schlick fand. Er grüßte die Wirtin, die ihn schon Jahre kannte und sie bestellten sich Bier.

„Also, Sonja, was verschlägt Dich nach Lübeck", begann er das Gespräch, nachdem sie angestoßen hatten.

„Hach, das ist ganz einfach“, sagte sie und wischte sich den Schaum von der Oberlippe. „Ich habe mich auf die Stelle beworben und wurde auch gleich angenommen. Nach Lübeck, oder besser gesagt Timmendorf, sind wir immer als Kinder mit unseren Eltern gefahren und ich finde es nach wie vor sehr schön dort.“

„Na ja, Timmendorf ist nicht gleich Lübeck“, meinte Andresen und zwinkerte ihr zu.

„Und hier zu wohnen ist ja noch ein ganz anderer Schnack, als nur im Urlaub in den Norden zu kommen“, gab Schlick zu bedenken.

„Ach, ich finde es einfach schön hier! Ein Haus direkt am Wasser und nur ein Katzensprung nach Lübeck.“

„Oh, direkt am Meer?“, fragte Andresen weiter, „und das von dem kleinen Gehalt, das wir kriegen? Mache ich da was falsch?“

„Andresen“, brummte Schlicks tiefer Bass mahnend.

„Schon okay. Ich bin die jüngste Tochter reicher Eltern, sozusagen das verzogene Nesthäkchen, das mit Vatis Kreditkarte shoppen geht und sonst auch nichts allein auf die Reihe bekommt.“

„Wusste ich’s doch“, Andresen lachte laut.

„Quatsch du Blödmann“, lachte auch Hoffmann. „Aber das mit den reichen Eltern stimmt. Es ist auch ihr Haus, aber sie waren schon seit mehr als Jahren nicht hier. Wenn ich es recht bedenke schon, seit wir Kinder groß sind nicht mehr. Und da das Haus ohnehin leer stehen würde, kann ich es auch bewohnen.“

„Und wie kamst Du zur Polizei?", fragte Schlick.

„Das ist ganz einfach. Ich habe zuerst das Abi gemacht und wusste nicht, was ich weiter machen soll. Nach einem Jahr Work and Travel in Australien war ich mir da schon viel sicherer und so bin ich hier gelandet. Aber ich erzähle die ganze Zeit von mir. Wie war das denn bei euch? Günther?"

„Ich bin das, was man einen alten Lübecker nennt: Hier geboren, aufgewachsen, zur Schule gegangen, immer hier gearbeitet und jetzt werde ich wohl auch meinen Ruhestand hier verbringen", antwortete der alte Kommissar auf die Frage.

„Und wie kamst Du zur Polizei?", wollte Hoffmann wissen und sah Schlick neugierig an.

„Wie ich zur Polizei kam, ist eigentlich ganz einfach. Als Kinder haben wir häufig Räuber und Gendarme gespielt. Da wollte ich immer auf der Seite der Guten sein. Meistens wollten alle Räuber sein, ich allerdings nie. Und so war es schon immer ganz klar für mich, was ich werden wollte."

„Und Du hast es nie bereut?", wollte Sonja Hoffmann wissen.

Schlick trank einen Schluck und zögerte einen Moment. Dann sagte er: „Nein, wenn ich so darüber nachdenke, habe ich es nie bereut." Er lächelte freudig.

„Günther ist ein Idealist", ergänzte Andresen.

„Und du?", fragte Sonja ihn prompt.

„Bei mir ist das sozusagen vorprogrammiert gewesen. Mein Vater war Polizist und mein Opa auch schon. Was hätte ich da anderes werden sollen? Aber es macht mir Spaß und auch ich bereue es nicht, zur Polizei gegangen zu sein."

„Und Du hast noch Geschwister?", fragte Schlick Sonja.

„Ja, zwei jüngere Brüder."

„Und keinen Freund?", wollte Andresen wissen. Sonja schüttelte den Kopf.

Schlick lachte. „Unser armer Erik hat Liebeskummer", erklärte er dann und Sonja sah ihn für einen kleinen Moment mitleidig an.

„Guck nicht so", flachste Andresen und sie lachten.

„Und Du, Günther?", fragte Sonja.

Schlick nahm einen tiefen Schluck. „Meine Frau ist leider verstorben. Aber das ist schon ein Weilchen her."

„Oh, das tut mir leid."

„Schon in Ordnung", brummte Schlick. „Ist wie gesagt schon ein Weilchen her." Sie schwiegen einen Moment. Es war merklich voller in dem Laden geworden und man musste lauter sprechen, um sich zu verständigen.

„Nun, lasst uns nochmal auf eine gute Zusammenarbeit anstoßen!", forderte sie Schlick auf und hob sein Glas.

Sie verbrachten noch eine Weile in der netten Runde und erzählten sich so manches, was sie erlebt hatten und was sie auf ihrem Lebensweg hierher geführt hatte. Schließlich war der Zeitpunkt zum Aufbruch gekommen. Sie verabschiedeten sich und Andresen und

Hoffmann gingen nach Hause. Schlick hingegen hatte
noch etwas in ihrem Büro auf der Dienststelle vergessen,
sodass er noch einmal geschwind um die Ecke ging, bevor er sich ebenfalls auf den Weg nach Hause machen
wollte.

* * *

Erik Andresen sah sich unzufrieden in seiner Wohnung um. Er hatte zwar schon am Vorabend begonnen,
das von seiner Freundin verursachte Chaos aufzuräu-
men, war aber nicht weit gekommen. Nachdem er mit
Schlick und Hoffmann ein paar nette Stunden verbracht
hatte, war er in seine Wohnung zurück gekehrt. Umso
mehr fühlte er sich jetzt in der leeren Wohnung ziemlich allein und mies. Schon zwei Tage lang hatte Verena
nichts von sich hören lassen und der Kommissar fühlte
sich zugleich enttäuscht, verärgert und voller Schmerz.
Über Verena, über sich, über die Situation und darüber,
dass es ihm trotz beruflichem Erfolg nicht gelang, sein
Privatleben in den Griff zu bekommen. Oder vielleicht
war es gerade das? Er hatte sich dieses Mal viel Mühe
gegeben, mehr Zeit für seine Beziehung zu finden. Frustriert zuckte er mit den Achseln, dann holte er kurzerhand eine Kiste Bier aus dem Keller und fuhr in die
nahegelegene Kleingartensiedlung, wo er für sich und
Verena im Frühjahr den Schrebergarten gepachtet hatte.
Das Wetter hatte am Nachmittag aufgeklart und seine
Gartennachbarn saßen am Grill, wo sie den schönen

Abend genossen. Andresen nickte ihnen nur zu, denn auf ein Gespräch hatte er jetzt keine Lust. Er setzte sich hinter seine Laube, wo Verena und er sich ein lauschiges Plätzchen hergerichtet hatten. Alle Viere von sich gestreckt nahm er die erste Flasche Bier und entkorkte sie mit einem Feuerzeug, dass er immer bei sich hatte, obwohl er gar nicht rauchte. Er setzte die Flasche an die Lippen und trank, während sein Blick zu den vorbei ziehenden Wolken in die Ferne schweifte.

Kurze Zeit später klingelte Andresens Mobiltelefon, was noch in seiner Jackentasche steckte. Etwas umständlich fingerte er es heraus, dann schlug sein Herz augenblicklich höher. Es war Verena.

„Hallo", meldete er sich und wusste in dem Moment nicht, wie er seine Freundin am Telefon nennen sollte.

„Ich bin's", sagte eine zarte Stimme am anderen Ende. Sie hatte geweint, das merkte Andresen ihr sofort an.

„Hallo Maus" Und nach einer kleinen Pause fragte er: „Wie geht's dir?"

„Erik", sie stockte. „Erik, ich muss dir was sagen." Er konnte die unheilvolle Botschaft an ihrem zögerlichen Tonfall erkennen.

„Ja?", fragte er und schluckte.

„Erik, ich mach' Schluss" Andresen schnürte es die Kehle zu und er konnte erst einmal gar nichts sagen. Obwohl er diese Worte schon lange erwartet hatte, war er erst einmal sprachlos. Nach einer quälend langen Minute hatte er sich gefasst.

„Was?" Bei dieser Frage kam er sich ein wenig blöd

vor, aber er brauchte noch einige Sekunden, um wieder zur Fassung zu gelangen. „Am Telefon?", fragte er schließlich.

„Ja Erik. Es hat keinen Sinn mehr. Du weißt, dass ich unglücklich bin. Nie hast du Zeit, immer arbeitest du, wir reden nicht..."

„Fängst du schon wieder damit an?", platzte Andresen der Kragen. „Und ob ich Zeit habe. Jetzt, hier und gleich habe ich Zeit. Aber du läufst ja ständig weg, wie sollen wir da reden?" Aus seinem Telefonhörer tutete es beharrlich. Die Verbindung war unterbrochen, Verena hatte aufgelegt. Andresen nahm einen Schluck Bier und drückte die Rückruftaste. Aber er sollte auch innerhalb der nächsten Stunde kein Glück haben.

* * *

Günther Schlick war nach dem Bier mit seinen Kollegen noch einmal kurz ins Büro zurückgekehrt. Mittlerweile hatte er allerdings vergessen, was er hier eigentlich so genau wollte. Auf seinem Schreibtisch fand er eine Notiz von Angermeier. Dieser hatte den Tatort im Hause des Gerd Paulsen schnell unter Kontrolle gebracht und mit seinem strengen routinierten und genauen Vorgehen zügig alle verfügbaren Spuren aufnehmen lassen. Morgen, so hatte er versprochen, sei sein Gutachten fertig, zumindest, was brauchbare Hinweise für die weiteren Ermittlungen anbelangte. Schlick hatte sich schon vor Jahren aufgehört , sich darüber zu wundern, mit welcher Effizienz dieser Mann arbeitete.

Draußen dämmerte es inzwischen, wie Schlick mit einem prüfendem Blick aus dem Fenster feststellte. Er warf sich seine Jacke über, die inzwischen getrocknet war, machte das Licht aus und schloss die Tür. Doch während er den Gang in Richtung Ausgang hinunter ging, hörte der Kommissar eilige Schritte hinter sich.

„Schlick, gut dass ich Sie noch erwische!“, rief die ihm vertraute Stimme seines Vorgesetzten den Gang herunter und Schlick blieb stehen.

„Herr Heinrich, ich habe gerade Feierabend gemacht“, brummte der Kommissar und drehte sich um.

„Wie bitte?“, fragte Heinrich, der den Kommissar nicht ganz verstanden hatte und sich jetzt vor ihm aufbaute. „Wie auch immer“, sagte er dann, als Schlick ihn nur ansah. Er wischte sich die Haare mit der für ihn typischen Handbewegung aus dem Gesicht. „Es ist mir im Fall des Toten vom Flughafen zu Ohren gekommen, dass Sie die Baustelle noch immer nicht freigegeben haben?“

„Das stimmt“, sagte Schlick knapp.

„Und warum nicht?“, Justus Heinrich tat überrascht. „Ich dachte, der Fall wäre klar.“

„Es haben sich einige Ungereimtheiten und Hinweise ergeben, denen wir nachgehen müssen. Wir vermuten noch weitere Leichen unweit der Fundstelle“, erklärte der Kommissar.

„Weitere Leichen? Was sind das für Hinweise?“ Der Leiter der Behörde fuhr sich mit der Hand durch das

Haar. „Du meine Güte, Schlick!"

„Ich habe auch meine Zweifel, Chef. Aber wir müssen die Hinweise ernst nehmen", sagte Schlick, doch er hatte Heinrichs Geste falsch gedeutet.

„Schlick", sagte dieser streng. „Nun machen Sie mal aus dieser Mücke keinen Elefanten und schließen Sie den Fall ab. Herrgott, ich habe Ihnen die Sache in die Hand gegeben, dass Sie das alles zügig zum Abschluss bringen. In drei Tagen werden Sie pensioniert, haben Sie das etwa vergessen?" Bei diesen Worten klappte Schlick die Kinnlade herunter. „Und nun sehen Sie zu, dass Sie die Baustelle freigeben. Besser heute als morgen."

„Aber Herr Dr. Heinrich, wir gehen berechtigten Hinweisen auf ein Massengrab nach." Schlicks Stimme hallte im Gang wider und er merkte, dass er sich nicht ganz so sicher angehört hatte.

Heinrich, der schon ein paar Schritte weggegangen war, machte auf dem Absatz kehrt und kam zurück.

„Ein Massengrab? Hier in Lübeck?", schnaubte er ihn an. „Sie sind wohl von allen guten Geistern verlassen!" Einen Augenblick sag er aus wie ein Pfau, der sich aufplustert.

„Schlick, das reicht. Das habe ich in den ganzen Jahren noch nie erlebt. Den Fall sind sie und Ihre Kollegen los. Die Sache wird jetzt und hier beendet. Machen Sie ihren Schreibtisch sauber und gehen Sie nach Hause." Und mit diesen Worten rauschte er davon.

Schlick stand einen Moment wie verdattert auf dem Flur, dann schüttelte er ungläubig den Kopf. So hatte er seinen Vorgesetzten noch nie erlebt. Noch nie war er so angefahren worden. Und schon gar nicht auf dem Flur. Bislang hatte sein Chef seine Arbeit zu schätzen gewusst.

Der Kommissar war wütend und betrübt zugleich. So konnte er beim besten Willen nicht nach Hause gehen.

* * *

Marmor und ambiente Beleuchtung hatten Hildegard Richter schon immer am Herzen gelegen. Das Zusammenspiel von Licht und diesem schweren, edlen, ja echten Material sah gekonnt aus und setzten Räume erst in Szene. Früher hatte die Unternehmerin zu sagen gepflegt, dass kein Raum so komplett ist wie der, in dem eine Pflanze im rechten Licht auf einem Marmorboden steht. Man brauche nichts hinzufügen und nichts wegzunehmen. Die Szenerie war in ihren Augen perfekt. Und offenbar hatten auch ihre Kunden diesen gehobenen Geschmack geteilt und zu schätzen gewusst. Der Marmor und die Raumausstattungen gehobenen Charakters und noch gehobenerer Preisklasse hatten damals zu ihrem Vermögen beigetragen. Später kamen Immobilien, und noch viel später solche Finanzgeschäfte dazu, die sich nur die wirklich Reichen leisten konnten. Und so zierten heute ausschließlich edle Materialien die Küche, in der Hildegard Richter mit einem Keramikmesser eine Salatgurke zerschnitt.

Der Dreiklang des Türgongs unterbrach das zarte Spiel von Schönbergs Streicherquartett Nr. 1 Op.

7. Kurze Zeit später kam eine zierliche Frau herein, die seit einigen Jahren in den Diensten der vermögenden Frau stand.

„Kommissar Schlick für Sie, Frau Richter", sagte diese knapp und blieb in dem weiten Durchgang stehen, der die Küche mit einem direkt riesigen Speisezimmer verband.

„Günther", lächelte die Angesprochene, ohne jedoch ihre Tätigkeit zu unterbrechen. „Führen Sie ihn doch bitte herein. Wir möchten dann auch ungestört sein", sagte sie mit ruhiger Stimme, die gewohnt war, präzise Anweisungen zu erteilen, deren ebenso präzise Ausführung sie erwartete.

Wenig später betrat Schlick die Küche. Er war schon des Öfteren hier gewesen und brauchte sich daher nicht mehr in dem Raum umsehen. Raum, das war bereits eine leichte Untertreibung. Die Räumlichkeiten der Unternehmerin glichen eher Hallen, in denen sich ein reger Geist niedergelassen hatte und diese bewohnte. Allein die Küche war so groß, wie Schlicks ganzes Haus. Und doch kam er sich hier nicht verloren vor, sondern wurde warmherzig von der inzwischen in die Jahre gekommenen, aber trotzdem sehr attraktiven Frau begrüßt.

„Mein lieber Günther", ging sie auf ihren Gast zu. Inzwischen war der Salat, den sie sich zubereitet hatte, fertig und sie servierte diesen auf dem Küchentresen, wo sie Schlick bedeutete, Platz zu nehmen. Ohne zu fragen goss sie zwei Gläser Wein ein.

„Wie lange ist es jetzt her?", fragte sie mit freundlicher, warmer Stimme.

„Ein halbes Jahr vielleicht?“, antwortete Schlick.

„Ein halbes Jahr“, sagte sie langsam, als dachte sie nach. „Schön, dass Du wieder einmal hier bist, mein Lieber.“ Sie reichte ihm das Glas.

„Wie geht es Amelia?“, erkundigte sich Schlick.

„Oh, Amelia geht es sehr gut. Sie ist in Cambridge angenommen und studiert nun dort Jura. Schön, wenn junge Menschen ein Ziel in ihrem Leben haben.“

„Cambridge. Das ist ja dann doch nicht ganz so weit weg, wie Amerika“, sagte Schlick.

„Ja, Harward, das hätte ich nicht ausgehalten. Da hätte ich umziehen müssen“, gab die Unternehmerin zurück. „Und ich hätte ungerne das alles hier zurückgelassen. Aber das hätte ich, um bei meiner Tochter zu sein.“

„Auf Amelia und auf ein erfolgreiches Studium“, sprach Schlick einen Tost aus, als ihm Hildegard Richter ihr Glas zum Anstoßen hinhielt.

„Auf Dich, mein lieber Schlick, denn ohne Dich wäre das alles nicht möglich gewesen“, entgegnete sie und stieß schnell mit ihm an, bevor er wieder verlegen zu Boden gucken würde, wie Schlick es jedes Mal tat, wenn sie ihn erinnerte. Der Wein war vollmundig und schmackhaft. Sie taten sich Salat auf und begannen zu essen.

Nach einer Weile im Gespräch über ihre Tochter, fragte die Unternehmerin schließlich: „Günther, mein Lieber. Was führt Dich zu mir? Ich merke doch, dass da etwas ist.“ Und als Schlick, eher wegen des Salates, als wegen seines Interesses, nicht gleich reagierte, fügte sie noch hinzu „Du darfst immer zu mir kommen, das weißt Du doch?"

Schlick nickte. „Danke, Hildegard, das weiß ich zu schätzen." In ein paar knappen Sätzen erläuterte er, was sich in den letzten beiden Tage ereignet hatte. „Hast Du eine Ahnung, was ich davon halten soll? Warum ist es so wichtig, dass der Flughafen so schnell wie möglich ausgebaut wird. Da geht es doch nicht nur um Geld? Ich meine, der Flughafen liegt doch schon ewig brach. Warum jetzt die Eile?"

Hildegard Richter lächelte. Es war nicht das erste Mal, dass Schlick zu ihr kam und um Rat fragte, gerade wenn es um Dinge ging, bei denen Geld und vor allem Macht eine Rolle spielten. Sie hatte ihm gerne Auskunft gegeben, hatten sie doch die Jahre des Lebens einen reichen Schatz an Erfahrungen sammeln lassen. Und Günther Schlick war ein besonderer Mann für sie geworden. Der Mann, dem sie das Leben ihrer Tochter verdankte.

„Du hast Recht. Hier geht es um mehr. Zunächst ist in der Stadt ein Streit entbrannt, ob man den Flughafen überhaupt erneut an ausländische Investoren veräußern sollte. Fraglich sind auch die Motive, aus denen gerade Araber oder Chinesen ein Interesse an unserer regionalen Infrastruktur haben sollten. Beide verfügen über hohe Devisen, also viel Geld in unserer Währung: Von den Arabern kaufen wir Öl und von den Chinesen alles andere. Da dürfen wir uns nicht wundern, dass die irgendwann ihr Geld ausgeben möchten und dieses hier anlegen wollen." Schlick nickte bedächtig. Noch verstand er nicht ganz, was das mit dem Flughafen zu tun haben sollte. „Dazu kommt, dass die öffentliche Hand in der zunehmend komplexeren Welt eine immer geringere Übersicht behält. Infolgedessen sind viele Unternehmen, die früher in staatlicher Hand waren, jetzt Privatunternehmen." Sie trank einen Schluck Wein. „Du fragst Dich sicherlich, was das mit dem Flughafen zu tun hat?" Schlick nickte. „Das erkläre ich Dir gerne. Die Chinesen wollen den Flughafen kaufen. Dafür muss die Stadt allerdings ausbauen, was sie jetzt tut. Die Chinesen stehen jedoch zeitlich unter Druck. Sollte der Ausbau nicht zügig abgeschlossen werden, wird das Angebot zurück gezogen."

„Ach, das können die so einfach?", fragte Schlick.

„Ja, es kommt dann einfach kein Geld aus China. Und wer daraufhin den Rechtsweg beschreitet, wird sicher nicht glücklich werden. Ziehen sich nun die Chinesen zurück, fehlen der Stadt mit einem Schlag Millionen. Um nicht ganz so schlecht dazustehen, müssten sie dann an andere verkaufen. Die Araber wären eine Möglichkeit. Man darf aber auch nicht vergessen, dass wer den Flughafen besitzt, auch ein beachtliches Stück Land erwirbt."

„Du meinst also, dass es durchaus denkbar ist, dass einerseits eine Seite den Ausbau so schnell wie möglich abschließen will, um den Deal mit den Chinesen durchzuziehen, die andere Seite möglichst alle Kunden verprellen möchte, um dann selbst und möglichst günstig zum Zuge zu kommen?“

„So könnte man es sagen. Sei es nun wegen des Flughafens oder des Grundstücks“ bestätigte die Unternehmerin Schlicks Theorie. „Und mit Deinen Ermittlungen bist Du gerade zwischen die Fronten geraten.“ Sie lächelte. Das war es, was ihn ausmachte. Als sie ihn vor etwas über zehn Jahren kennen gelernt hatte, hatte es sich ähnlich verhalten: Entgegen allen Anweisungen hatte sich Schlick nicht beirren lassen und obwohl ihre Tochter nach der Entführung schon für tot gehalten wurde, hatte Schlick nicht locker gelassen und den Entführer zur Strecke gebracht. Viel wichtiger war ihr aber die Rettung ihrer Tochter gewesen. Und die war Schlick in letzter Sekunde gelungen. Seither schmieden jene Ereignisse das Band, dass die beiden freundschaftlich miteinander verband.

Das Handy des Kommissars klingelte und unterbrach die Unterredung jäh. Schlick erhob sich mit einer Entschuldigung, ging herüber zu einem der großen Fenster, wo er den Anruf beantwortete.

„Schlick hier.“

„Herr Schlick!“ Es war einer seiner Kollegen von der Dienststelle. „Es ist wegen Andresen.“

„Was ist mit ihm?“

„Ein Nachbar hat uns angerufen. Andresen soll randalieren.“

„Wo?“, fragte Schlick und stöhnte innerlich.

„In seinem Schrebergarten.“

„Ich fahre gleich hin, Sie brauchen niemanden schicken“, sagte er dann, doch etwas besorgt, bedankte sich und legte auf.

„Entschuldige mich bitte“, wandte er sich an Hildegard Richter. „Ich muss leider gehen. Probleme mit meinem Kollegen.“

„Ist es ernst?“

„Liebeskummer“, gab Schlick knapp zurück und wandte sich achselzuckend zur Verabschiedung.

„Na dann geh‘ und tröste den Armen“, sagte Hildegard Richter mit ihrer warmen, wohlwollenden Stimme.

Die Frau hat Klasse - und sie ist eine klasse Frau, dachte Schlick bei sich, als er das herrschaftliche Anwesen verließ. Wäre er jünger gewesen, und um einiges vermögender, hätte er versucht, sie für sich zu gewinnen. So war er sich allerdings sicher, dass sich eines Tages die Unterschiede zu sehr bemerkbar machen würden. Lieber wollte er sie als gute Freundin wissen, statt diese Freundschaft aufs Spiel zu setzen. Trotzdem ertappte er sich dabei, dass sein Gang irgendwie leichter und unbeschwerter war, als noch zuvor, als er das Anwesen verließ und er fröhlich summend in den Dienstwagen stieg.

* * *

Als der Kommissar wenig später die Kleingartensiedlung betrat, hatte er seinen Ärger von vorhin fast schon vergessen. Es war ihm einiges klarer geworden. Sich vor den Karren einer der Seiten spannen zu lassen, das würde er zu vermeiden wissen.

Er beschleunigte seinen Schritt. Von ferne konnte Schlick bereits ein lautes, gelegentlich kurz unterbrochenes Gröhlen vernehmen. Es wurde langsam dunkel und die herbstlich gefärbten Blätter wurden in ein tiefrotes Sonnenlicht getaucht. Mit festem Schritt näherte er sich der Quelle des Lärms. Gleich war er an Andresens Parzelle angekommen. Glas splitterte.

„Was ist hier los?", rief er, als er eine Gestalt inmitten eines abgeernteten Beetes stehen sah, die etwas über den Weg und auf die benachbarten Bahngleise warf. Wieder splitterte Glas.

„Was... was willst du denn hier?", gröhlte die Stimme viel zu laut und schon sehr lallend herüber. Im Näherkommen erkannte Schlick seinen Kollegen. Das, was er zunächst für ein Beet gehalten hatte, reflektierte die allerletzten Strahlen der untergehenden Sonne. Erik Andresen stand spärlich bekleidet in seinem Gartenteich. Schlick verschaffte sich Zugang zum Garten, während ihn der Besoffene lauthals mit einem Schwall undeutlicher Worte überschüttete.

„Erik, nun komm da aus dem Wasser raus!", befahl Schlick streng. „Du holst Dir noch den Tod!" Andresen schwankte und drohte umzukippen. Schlick packte ihn am Arm und zog ihn heraus, nicht aber ohne selbst nasse Füße zu bekommen. Er fluchte leise, dann bugsierte er Andresen nicht ganz unsanft in dessen hölzerne Gartenlaube, vor der mehrere Flaschen lagen.

Die Laube bestand aus zwei Räumen. Im vorderen Zimmer war eine kleine Kochnische eingerichtet, gegenüber eine gemütliche Sitzecke. Der hintere Raum war ein kleines Schlafzimmer mit angrenzendem Bad. Alles war gemütlich eingerichtet, sodass es sich auch bei Regentagen gut im Schrebergarten aushalten ließ.

Im Schlafzimmer wuchtete Schlick seinen Kollegen auf das Bett. Erst jetzt fiel ihm der unbeschreibliche Gestank nach Alkohol und Brackwasser auf, der von Andresen ausging und er öffnete das Fenster. Anschließend ging er noch einmal nach draußen. Dort schickte er mit ein paar erklärenden Worten die Nachbarn weg, die das Schauspiel neugierig über den Zaun verfolgt hatten. Hinter der Laube entdeckte Schlick wieder leere Flaschen. Andresen musste eine ganze Menge Hochprozentiges getrunken haben. Seufzend ging Schlick wieder hinein und setzte sich in die Sitzecke, die sogar bequemer war, als sie auf den ersten Blick aussah. Von nebenan konnte Schlick Andresens leises und gleichmäßiges Schnarchen hören, denn dieser war sofort eingeschlafen.

Langsam wurde er zu alt dafür, dachte sich Schlick. Zwar vertrug er die Aufregung, war jedoch immer sehr besorgt um seinen Partner, der für ihn im Laufe der Zeit wie eine Art Sohn geworden war. Schlick lehnte sich zurück und hing einigen leeren Gedanken nach. Nach einer Weile schlief auch er ein.

* * *

Andresen atmete durch. Gut, diese Frühlingsluft. Frisch und zugleich duftend. Die Sonne blendete. Seine Augen brannten, wenn er nach oben schaute. Er sah nach vorn. Dort ging Verena. Ihre langen Haare wehten im Wind. Andresen hörte sie lachen. Sie ging beschwingt. Er versuchte ihr zu folgen. Sie ging schneller. Der Waldweg wurde dunkler. War das Verena? Er wollte nach ihr rufen. Sie ging von ihm weg. Sie drehte ihm den Rücken zu. Seine Kehle war trocken. Er brachte keinen Laut hervor. Er wollte rufen. Sie ging schneller. Er kam nicht hinterher. Sie verschwand vor ihm im Schatten. Ein Klingeln störte die traumhafte Szene. Seine Kehle war wie zugeschnürt. Er wollte rufen. Er wollte ihr hinterher gehen. Er hatte sein Mobiltelefon in der Hand. Die Anzeige blendete. Er konnte die Buchstaben nicht lesen. Seine Kehle war trocken. Er kniff die Augen zusammen. Das Klingeln wurde lauter. Seine Kehle war trocken. Er konnte nicht gehen. Das Klingeln war ohrenbetäubend.

Mittwoch

„Guten Morgen, Gesine. Was verschafft mir die Ehre, so früh am morgen?", fragte Dr. Justus Heinrich seine Besucherin, die morgens um sieben Uhr an seiner Haustür klingelte. Er hatte gerade aufbrechen wollen.

„Darf ich hereinkommen?", fragte sie, als ob sie kein Nein erwartete.

Heinrich ließ sie herein und führte sie in ein geräumiges Wohnzimmer. Dieses war geschmackvoll eingerichtet. Die Möbel im Kolonialstil schafften ein erfrischend exotisches, wohnliches Ambiente. Der Gastgeber bot seiner Besucherin einen Platz an.

„Ich mache es kurz", begann sie. „Es war falsch, was neulich Mittag passiert ist."

„Du meinst gestern." Er setzte sich ihr gegenüber.

„Ja genau, gestern. Wo soll ich anfangen? Ich kann Dir nur soviel sagen, dass ich aus Gründen, über die ich nicht sprechen kann, gedacht hatte, eine rasche Aufklärung sei das Beste für uns alle."

Heinrich runzelte die Stirn, sagte aber nichts.

„Allerdings bin ich jetzt zu dem Schluss gekommen, dass es falsch war, mich einzumischen und Dich da herein zu ziehen. Wir kennen uns schon so lange und ich darf unsere Freundschaft nicht auf diese Weise ausnutzen. Du hast fähige Männer an der Sache, die ihren Job gut und gewissenhaft ausführen.“

„Ausführten. Ich habe sie von dem Fall abgezogen.“

„Achso?“, sagte die Bürgermeisterin gedehnt. „Aber lieber Justus, was das so klug? Immerhin bist Du für Deine Gründlichkeit bekannt…“

„Mir scheint, Gesine, dass Du nicht ganz offen und ehrlich zu mir bist“, unterbrach er ihren Redefluss.

„Lieber Justus, ich bin sehr offen zu Dir und Dir sehr ehrlich gegenüber“, sagte sie. Ihre Stimme verhallte unglaubwürdig im Raum.

„Gesine, wirst Du erpresst?“, fragte Heinrich gerade heraus. Die Bürgermeisterin wurde aschfahl im Gesicht.

„Nein!“, sagte sie mit einer Bestimmtheit, die auch Justus Heinrich im ersten Moment überraschte. „Ich weiß nicht, wie Du darauf kommst.“

„Gesine, es ist ein typisches Muster. Dein Verhalten deutet darauf hin.“

„Ach, das muss der Stress sein.“ Ihre Augen funkelten.

„Gut“, er machte einen Rückzieher. Vielleicht hatte er sich doch geirrt? „Dann will ich es dabei bewenden lassen. Falls Du allerdings Hilfe benötigst, stehe ich Dir voll und ganz zur Verfügung.“

„Danke, ich weiß Dein Angebot sehr zu schätzen.“ Sie erhob sich und verabschiedete sich knapp.

Eine Weile stand Justus Heinrich nachdenklich in seinem Flur und beobachtete durch die Glastür, wie die Bürgermeisterin eilig in ihr Auto stieg und davon fuhr.

Was war mit seiner alten Schulfreundin nicht in Ordnung? Was bewog sie, zunächst auf eine zügige, ja so-

fortige Aufklärung und Freigabe der Baustelle zu drän-
gen, während sie jetzt scheinbar genau das Gegenteil vor
hatte? Er konnte sich ohne mehr Informationen keinen
Reim daraus machen. Allerdings musste die Sache mit
dem Flughafen zu tun haben, so viel stand fest.

* * *

Andresen schreckte hoch. Es war kurz vor sieben und
draußen wurde es bereits hell. Noch etwas benommen
vom dem Traum und wohl eher vom Vorabend setzte er
sich auf. Sein Mobiltelefon hatte geklingelt und leuchtete auf einem kleinen Tischchen unter dem leicht geöffneten Fenster. Er verspürte einen brennenden Durst
und wankte ins Nebenzimmer. Auf dem Weg musste er
sich am Türrahmen festhalten und rieb sich die Augen.
Auf einer kleinen Anrichte stand eine Wasserflasche,
von der er einen kräftigen Schluck nahm. Als er die Flasche schließlich wieder abgesetzt hatte, hörte der Kommissar hinter sich ein seltsam grunzendes und schmat-
zendes Geräusch. Er fuhr herum, doch die Bewegung
war wohl ein wenig zu heftig, sodass ihm unwohl wurde
und er sich an der Anrichte abstützen musste. Erst jetzt
bemerkte er ein paar Füße, die hinter dem Tisch aus der
Sitzecke hervorragten. Sie gehörten seinem Partner und
Kollegen, Günther Schlick, der, wie Andresen feststellte,
tief und fest schlief.

Andresen wankte zu seinem Telefon und sah auf die
Anzeige. Die Dienststelle hatte angerufen, was bedeu-

tete, dass es wichtig sein musste. Aber noch war er in keiner guten Verfassung. Er schickte sich an, in der kleinen Kochnische unweit der Anrichte einen starken Kaffee aufzubrühen. Während der Kaffee durchlief nahm er gleich zwei Kopfschmerztabletten und anschließend zwang er sich unter die kalte Dusche.

Als er wenige Minuten später erfrischt und in sauberer Kleidung das Zimmer wieder betrat, war sein Kollege bereits wach. Schlick war der Geruch von frischem Kaffee in die Nase gestiegen und hatte sich gerade eine Tasse eingeschenkt.

„Was machst du denn hier, Günther?", fragte Andresen, der sich an nichts mehr erinnern konnte.

„Da hat wohl einer zu tief ins Glas geschaut!", lachte Schlick und erzählte, was sich am Vorabend ereignet hatte. Auch das unerfreuliche Gespräch mit seinem Vorgesetzten blieb nicht unerwähnt. Bevor sie jedoch weiter darüber sprechen konnten, klingelte abermals Andresens Mobiltelefon.

„...aber das ist doch gar nicht mehr unsere Zuständigkeit", hörte ihn Schlick während des kurzen Telefonats sagen, gefolgt von einem „Gut, wir kommen sofort." Dann legte er auf und sah Schlick fragend an: „Rate mal, wo wir hinkommen sollen?"

„Wenn Du schon so fragst, Erik, dann kann es nur der Flughafen sein!"

* * *

Es war ein entsetzliches Bild, was sich den beiden Kommissaren bot. Etwa fünf Meter unter ihnen lag ein Körper im Matsch und Dreck einer Baugrube. Die Arme und Beine hatten einen Winkel zum Korpus eingenommen, der über das natürlich Mögliche hinaus ging. Dort, wo einmal der Kopf gewesen war, konnte man nur noch eine unbestimmte braun-rote Masse erkennen. Der Wind wehte Schlick und Andresen große Regentropfen ins Gesicht.

„Schon wieder.“, kommentierte Andresen die Szene. Unten war Angermeier bereits in Aktion.

„Guten Morgen die Herren. Ich kann Ihnen den Abstieg heute ersparen“, quäkte es aus einem Funkgerät, dass ihnen ein uniformierter Kollege gereicht hatte. „Es sind hier keine gewöhnlichen Identifizierungsmerkmale vorhanden. Ansonsten ist das Opfer offenbar post-mortem hier hineingeworfen worden. Näheres wird mein...“ Eine Windböe riss die letzten Worte mit sich.

„Das ist Gerd Paulsen“, konstatierte Schlick, der sofort den unmöglich geschnittenen speckigen Mantel wieder erkannt hatte. Er nahm Andresen das Funkgerät ab.

„Herr Angermeier. Bitte prüfen Sie, ob die Blutspuren mit denen im Hause Gerd Paulsen übereinstimmen. Möglicherweise müssen Sie eine DNA-Analyse in Auftrag geben.“

Andresen sah ihn verwundert an: „Glaubst du, das ist der Verrückte?“

„Und ob ich das glaube. So einen Mantel trägt man

doch heute nicht mehr", antwortete Schlick düster, gab das Funkgerät zurück und bedeutete Andresen, er solle ihn auf die Dienststelle fahren.

* * *

„Guten Morgen, Frau Hoffmann! Schön, dass ich Sie antreffe." Dr. Justus Heinrich war auf gewohnt rasche Weise in das Büro getreten, in dem Sonja Hoffmann gerade vor einem Berg Akten saß, die sie zu bearbeiten hatte.

„Dr. Heinrich", sie sah auf von Ihren Unterlagen und begrüßte Ihren Vorgesetzten.

„Bleiben Sie sitzen", winkte dieser mit einer Geste ab und setzte sich halb auf Schlicks Schreibtisch. Sein Maßanzug saß heute besonders gut. „Sagen Sie, hatten Sie schon Gelegenheit, sich einzuleben?"

„Danke, ich komme gut zurecht", setzte sie zu einer Antwort an, wurde aber gleich unterbrochen.

„Schön, schön. Passen Sie auf, Frau Hoffmann. Wir werden in den nächsten Tagen einige personelle Änderungen erfahren. Daher möchte ich, dass Sie unserem Herrn Schlick besonders behilflich sind."

„Ja, ich hatte schon gehört, dass er pensioniert wird?"

Der Leiter der Behörde zog eine Braue hoch. „Pensioniert?", fragte er, eher überrascht. „Möglich", sagte er dann schnell. „Nichts desto trotz, der Mann hat ein gutes Gespür, und mehr als einmal bewiesen, dass er sich auch in unübersichtlichen Situationen behaupten kann.

Jedoch ist es nützlich, dass er von Zeit zu Zeit geerdet und auf den Boden der Tatsachen gebracht wird. Ich habe gehört, er habe alle Ermittlungen im Fall Flughafen auf Eis gelegt?" Und ohne eine Antwort abzuwarten setzte er fort: „Nun, ich möchte, dass Sie alle Störeinflüsse fern halten und ein Auge auf Ihren Kollegen haben. Er soll seine Ermittlungen in alle Richtungen fortsetzen, die ihm für Richtig erscheinen. In ALLE Richtungen."

In diesem Moment öffnete sich die Tür und Schlick und Andresen traten herein.

„Guten Morgen die Herren!", begrüßte sie ihr Chef und stand auf. „Nun, dann will ich Sie nicht weiter von Ihrer Arbeit abhalten. Einen erfolgreichen Tag, alle zusammen!" Und ehe noch einer etwas sagen konnte, war der adrett gekleidete Mann bereits wieder aus dem Büro verschwunden.

Sonja Hoffmann sah Schlick fragend an. „Das muss ich jetzt nicht verstehen?" Mit knappen Sätzen berichtete sie, was soeben vorgefallen war. Während sie sprach, trat Schlick ans Fenster. Er sah hinaus und rieb sich das Kinn. So hatte er schon oft vor seiner Wand im Wohnzimmer gestanden, wenn er versucht hatte, sich einen Reim auf die Dinge zu machen.

„Gut, danke Frau Hoffmann", sagte er schließlich.

„Sonja", warf sie ein. Andresen schenke drei Tassen Kaffee ein.

Schlick drehte sich abrupt um. „Fassen wir zusammen. Wir finden einen nicht identifizierbaren Toten in einer Baugrube auf dem Flughafen. Es tauchen Gerüchte über ein Massengrab auf. Wir sperren den Betrieb und untersuchen die Fundstelle näher, sollen aber dann die Untersuchungen so schnell wie möglich abschließen. Die Untersuchungen werden vielmehr sogar gestoppt und der Baubetrieb kann weiter gehen. Kurze Zeit später finden wir eine frische Leiche und der Baubetrieb muss abermals stoppen. Nur dass es diesmal der Mann ist, der uns ursprünglich anhand der Unterlagen dazu gebracht hat, weitere Untersuchungen anzustellen.“

„Unterlagen, die übrigens nicht echt waren, wie uns die Historiker mitteilen“, warf Sonja Hoffmann schnell ein. „Kam heute morgen rein. Da hat jemand kräftig mit Photoshop gearbeitet, aber anscheinend ein paar Kleinigkeiten übersehen.“

„Danke, sehr gut“, lobte Schlick. „Die Frage ist also, wer hat Gerd Paulsen die falschen Unterlagen zugespielt? Ich glaube kaum, dass dieser dazu selbst in der Lage war, so wie es bei ihm zuhause aussah. Hat er möglicherweise Geld dafür bekommen, uns an der Nase herum zu führen? Und warum ist er jetzt tot und wer hat ihn umgebracht?“

„Vielleicht hilft die Antwort auf die Frage, wer ihn zuletzt gesehen hat“, warf Sonja Hoffmann ein. Vier Augen richteten sich auf sie, während sie weiter sprach. „Und zwar haben die Kollegen die Nachbarn befragt, als diese gestern zuhause ankamen. Einer von ihnen hat ausgesagt, dass Gerd Paulsen in letzter Zeit Besuch von einem Mann hatte. Etwas untersetzt, Lederjacke, eher der bullige Typ.“

„Oh jetzt kommen die Männer in Lederjacken ins Spiel", witzelte Andresen dazwischen.

Seine Kollegin ignorierte ihn. „Das ist den Nachbarn deswegen aufgefallen, weil Gerd Paulsen selten aus dem Haus kam und praktisch nie Besuch hatte. Es kann sich niemand an das Kennzeichen erinnern, aber an ein dunkles Sportcoupé. Und an ein Logo auf der Heckklappe, gelb auf blauem Grund." Sie blätterte in ihren Unterlagen. „Das Logo zeigt... einen gelben Hammer auf blauem Grund."

„Ist das nicht das Logo von der Baufirma vom Flughafen?", dachte Andresen laut. „Viel zu offensichtlich, wenn ihr mich fragt. Warum sollte auch die Baufirma ihre eigene Baustelle sabotieren?"

„So viele Fahrzeuge haben die gar nicht", entgegnete Sonja, „ich habe gleich die in Frage kommenden überprüft. Da gibt es nur drei Fahrzeuge. Wir müssen jetzt nur noch herausfinden, wer mit welchem Wagen zur fraglichen Zeit unterwegs war."

„Gute Arbeit", lobte Schlick und Sonja lächelte. „Am Flughafen war außerdem nichts in Erfahrung zu bringen. Der eigentliche Betrieb steht still, daher ist auch das Sicherheitssystem ausgeschaltet. Alle Gebäude sind verschlossen und nur ein Wachmann bewacht die Baustelle. Der scheint allerdings geschlafen zu haben oder war sonst wo unterwegs, jedenfalls haben Bauarbeiter die Leiche heute morgen entdeckt", resümierte Schlick die Beobachtungen, die sie eben am Flughafen gemacht hatten. Er nippte an seinem Kaffee. „Gut, Erik, Du hast ja noch mit dem Fall von letzter Woche zu tun. Da sollte ja inzwischen das Gutachten vorliegen. Sonja kümmert sich um das Fahrzeug und den Verdächtigen. Ich komme mit zum Flughafen, ich habe dem Herrn Hinze noch einige Fragen zu stellen.“

* * *

Eine langbeinige Sekretärin im dunklen Kostüm hatte Schlick ein Glas Wasser gebracht, als dieser in einem großen gläsernen Konferenzraum im Hauptgebäude des Flughafens Platz nahm, und auf den Geschäftsführer wartete. Er sah ihr nach, wie sie den Konferenzraum verließ. Nachdem sie gegangen war, dauerte es eine ganze Weile, bis sein Gesprächspartner im Konferenzraum erschien. Derweil beobachtete der Kommissar draußen in der Ferne seine Kollegen bei der Baugrube. Geschäftig liefen diese hin und her und bargen gerade mit Hilfe eines Krans den Leichnam.

„Herr Schlick, nehme ich an“, begrüßte ihn Klaus-Dieter Hinze, der relativ lautlos hereingekommen war. Er setzte sich an das Kopfende des Tisches, schräg neben dem Kommissar. „Was kann ich für Sie tun?“

„Herr Hinze. Sie haben es ja schon mitbekommen, dass wir Ihren Betrieb schon wieder lahm legen mussten.“

Der Geschäftsführer ließ sich nichts anmerken. „Wie können wir Ihnen bei Ihren Ermittlungen behilflich sein?“ Kalt klang der höfliche Unterton seiner Stimme.

„Wie Sie sehen, sind wir gerade im Begriff der Bergung.“

„Wissen Sie schon, wen es erwischt hat?“

„Nein, das wissen wir noch nicht“, antwortete Schlick ruhig. „Allerdings kann ich Ihnen jetzt schon sagen, dass es sich dabei unseren ersten Erkenntnissen nach nicht um einen Unfall handelt. Ich darf Sie allerdings bitten, über diese Information noch Stillschweigen zu bewahren.“

„Mord?“, der Geschäftsführer spukte das Wort förmlich aus.

„Wer ist interessiert daran, die Bauarbeiten zu verzögern?“, fragte Schlick ohne Umschweife.

„Nun“, der Manager räusperte sich, wohl um zu einer unverfänglichen Antwort anzusetzen, „es gibt da diverse Interessengemeinschaften, die gegen einen Ausbau sind. Umweltschützer, Aktivisten, die sind sowieso immer gegen alles...“

„Sie meinen also, Aktivisten bringen jetzt schon Leute um, damit der Flughafen nicht ausgebaut wird?“

„Das habe ich so nicht behauptet. Allerdings haben uns die Aktivisten schon früher das Leben schwer gemacht.“

„Aktivisten wie Gerd Paulsen?“, fragte Schlick scharf. Seinen Augen entging nicht, dass der Manager kaum merklich zuckte.

„Gerd Paulsen?“

„Ja, Gerd Paulsen, der Mann, der sich unlängst an Ihrem Haupttor festgekettet hatte.“

„Ach, der arme Teufel. Da haben wir haben auf eine Anzeige verzichtet. Eine bedauernswerte Existenz.“

„So, meinen Sie?“, sagte der Kommissar barsch. „Aber finden Sie es nicht merkwürdig, dass der Mann, der Ihren Ausbau verhindern wollte, jetzt in einer fünf Meter tiefen Grube auf Ihrem Gelände liegt?“

Hinze versteifte sich. „Was wollen Sie andeuten?“

„Ich deute gar nichts an, ich zähle die Fakten auf.“

„Aber Sie sagten doch gerade eben, sie wüssten noch nicht, wen es dort erwischt hat“, verteidigte sich der Manager.

„Es ist noch nicht offiziell bestätigt, aber ich erkenne den Mann wieder. Gerd Paulsen liegt tot auf Ihrem Flughafen.“

„Wollen Sie behaupten, wir hätten einen Gegner des Ausbaus auf diese Weise aus dem Wege geräumt?“ Klaus-Dieter Hinze begann innerlich zu kochen. Der Ausbau kostete ihn Nerven. Von überall bekam er Druck. Und jetzt noch diese Unterstellungen.

„Ich behaupte gar nichts. Allerdings ist fraglich, für wen eine Verzögerung dienlich wäre und warum. Und Sie geben mir keine Antwort. Nur geht es hier um Mord!“

„Das wäre ja schön blöd, wenn wir einen Mord in unserer eigenen Baustelle begingen. Im Übrigen passt das auch nicht zu Ihrer Theorie, dass wir hier schnell voran kommen möchten, Herr Kommissar.“

„Das passt in der Tat sehr gut, denn so lässt sich der Verdacht doch gerade erst ablenken. Vor allem, wenn es Ihnen gar nicht mehr so wichtig wäre, die Arbeiten zügig abzuschließen." Bei diesen Worten entgleiste Hinze seine Mimik, die er bis dahin noch unter Kontrolle hatte. Doch das Zucken um die Mundwinkel bemerkte der Kommissar sehr wohl.

„Herr Schlick. Seien Sie froh, dass wir dieses Gespräch inoffiziell führen", baute er sich vor Schlick auf seinem Konferenzsessel auf, doch Schlick unterbrach ihn.

„Wer möchte, dass die Stadt den Ausbau zahlt, um dann den Flughafen möglichst billig zu kaufen?", fragte der Kommissar in einem Ton, der keine Falschaussage duldete. „Das ist doch das einzige, worum es hier geht. Habe ich recht?"

„Herr Schlick, diese Unterredung ist beendet." Der Manager war mehr aufgesprungen, als aufgestanden und hatte die Tür bereits geöffnet. „Sie haben meine Geduld lange genug beansprucht. Das wird für Sie Konsequenzen haben."

Schlick stand langsamer auf, als es Klaus-Dieter Hinze lieb war, zog ruhig seinen Mantel an und schickte sich zum Gehen an.

„Kommen Sie nicht wieder, wenn Sie nicht einen richterlichen Beschluss dazu haben", zischte ihn der Geschäftsführer giftig an.

„Rufen Sie mich an, Herr Hinze, wenn Sie meine Fragen beantworten möchten. Das ist es doch alles nicht wert." Mit diesen Worten reichte er Herrn Hinze seine Karte, die dieser notgedrungen in die Hand nahm. „Einen angenehmen Tag noch."

* * *

Draußen klingelte Schlicks Handy.

„Frau Hoffmann", meldete er sich am Telefon. „Was gibt es neues?"

„Sonja", korrigierte sie ihn. „Es geht um den Wagen, den die Nachbarn vor dem Haus von Gerd Paulsen gesehen haben. Es sieht so aus, als ob der Bauleiter der einzige ist, der den Wagen fährt."

„Der Bauleiter? Ist das nicht dieser dicke Mann mit dem roten Gesicht?", fragte Schlick. „Ja, stimmt", bestätigte Sonja Hoffmann, die sich gerade das Foto ansah, dass der Mann für seinen Personalausweis hinterlegt hatte. „Größe und Beschreibung passen."

„Das ist der Ingenieur, auf den Namen komme ich jetzt nicht..."

„Anton Hochstätter, sechsundfünfzig Jahre alt und ledig", las Sonja Hoffmann die Personalien des Verdächtigen vor.

„Und wo ist er jetzt?", unterbrach sie Schlick.

„Der müsste auf der Baustelle sein", antwortete Hoffmann.

„Gut, die Kollegen sollen ihn festhalten. Wir müssen ihm dringend einige Fragen stellen."

„Ich geb's durch", bestätigte sie und legte auf.

Als Schlick bei seiner Kollegin ankam, stand diese bereits mit weiteren Kollegen in weißen Overalls vor einem dunklen Sportcoupé, das in Mitten einer der Hallen des Flughafens geparkt war. Diese war vermutlich einst als Lager für Ersatzteile verwendet worden, denn für einen Hangar fehlten ihr die großen Tore, durch die die Flugzeuge fahren konnten. Trotzdem war sie sehr geräumig. In der hinteren Ecke zeichneten sich im Zwielicht einige große Kisten ab. Die Deckenleuchten funktionierten nur noch in der Mitte und tauchten die Halle in trübes kalt-weißes Licht.

„Sie können hier nicht einfach unsere Fahrzeuge durchsuchen!", hörte er eine energische Frauenstimme sagen. Die Frau stand zwischen Hoffmann und dem Wagen und hatte empört ihre Hände in die Hüften gestemmt, so als käme unter keinen Umständen jemand an ihr vorbei.

Schlick schob sich an den Kollegen und Sonja Hoffmann vorbei, ging auf die Frau zu und reichte ihr die Hand.

„Gestatten Sie: Kommissar Schlick", sagte er dabei und lächelte gewinnend. Die Frau gab ihm instinktiv die Hand und musste dabei ihre wehrsame Haltung aufgeben. „Wollen wir uns einmal gemeinsam den Wagen ansehen?" Im nächsten Moment war er auch schon an ihr vorbei gegangen und hatte den Griff der Fahrertür in der Hand. Das Auto war unverschlossen.

„Sehen Sie, es ist sogar offen", machte er die Fahrertür auf, und setzte sich so behände in den Wagen, dass die aufgebrachte Frau keine Möglichkeit mehr hatte, ihn daran zu hindern. Mit offenem Mund stand sie da und wusste eine Sekunde nicht so recht, was sie sagen sollte.

„Aber Sie dürfen das nicht! Sie haben keinen Durchsuchungsbeschluss und", keifte sie, als sie ihre Fassung wieder gewonnen hatte. Ihre Stimme hallte schrill durch die große Lagerhalle, in der der Wagen geparkt war.

„Der Fahrer, der dieses Fahrzeug gestern Nachmittag geführt hat, ist dringender Tatverdächtiger in unserer laufenden Ermittlung. Wir haben auf diesem Gelände eine Leiche entdeckt, wodurch dieses Fahrzeug an einem Tatort steht, was uns zur Durchsuchung berechtigt", ließ sie Schlick nicht weiter zu Wort kommen. Er war wieder ausgestiegen und wies die Spurensicherung an, den Wagen zu durchsuchen. Dann wandte er sich freundlich, aber bestimmt an die Frau: „Und nun lassen Sie uns doch unsere Arbeit machen. Helfen Sie uns lieber. Wo finden wir Ihren Bauleiter?"

„Kommissar!", unterbrach ihn ein Ruf aus dem Hintergrund und Schlick sah sich um. Der Mann im Overall hatte den Kofferraum geöffnet. Schlick und noch ein paar andere gingen herüber und sahen in den Kofferraum.

Der Anblick, der sich ihnen bot, war verheerend. Im Kofferraum lag der Körper eines Mannes, der im Gesicht kaum wiederzuerkennen war. Dieses war völlig verquollen und übersät von aufgeplatzten Wunden. Der nackte Oberkörper wies Spuren starker Misshandlungen auf und dann war da noch überall das Blut, dass langsam auf dem Körper und dem Stoff der Innenverkleidung trocknete. Seine Augen waren weit aufgerissen und glasig. Der Mann war offensichtlich tot.

Ein Schrei erschütterte die Umherstehenden. Die Frau hatte sich unbemerkt ebenfalls zum Kofferraum bewegt und hinein gesehen. Sie erkannte den Gesuchten. Es war Anton Hochstätter.

Die Frau schrie noch einmal markerschütternd, bis sie endlich die ebenfalls herbei geeilte Sonja Hoffmann packte, und aus dem grauenvollen Anblick zerrte.

„Angermeier soll herkommen", befahl Schlick. „Und sperren Sie die Halle ab." Mit festem Schritt ging er herüber zu einem der großen Tore. Draußen musste er sich erst einmal anlehnen und durchatmen. Er hatte zwar schon vieles gesehen, aber derart grausame Entstellungen konnte er trotzdem nicht ohne Weiteres oder gar emotionslos abtun.

Wenige Minuten später hörte Schlick Schritte aus der Halle kommen. Er hatte diesen Moment zum Innehalten gebraucht und raffte sich mit einem leisen Stöhnen nun zusammen.

„Hey", es war die Stimme von Sonja Hoffmann, die Schlick eine Spur weicher vorkam, als normalerweise. Er sah sie an, während sie sprach: „Ich habe die Frau einer Kollegin übergeben. Die braucht wohl noch länger, um sich von dem Schock zu erholen."

Schlick sagte noch nichts.

„Schlick, alles ok?", fragte Sonja nach einer kleinen Pause. Er riss sich los aus seinen Gedanken.

„Ja, alles in Ordnung", erwiderte er schließlich. „Was denkst Du, ist hier passiert?"

Sonja Hoffmann sah über das Rollfeld. Sie kaute auf ihrer Unterlippe. „Bis eben hatte ich noch so eine Idee. Paulsen verzögert den Bau. Es sind Millionen im Spiel, also muss er weg. Hochstätter als Verdächtiger hätte vielleicht ein Motiv gehabt. Immerhin scheint er der Letzte gewesen zu sein, der Paulsen lebend gesehen hatte. Außerdem springt für den bestimmt noch mehr heraus, wenn er das hier ordentlich zum Abschluss bringt. Aber ob das als Motiv ausreicht, um jemanden umzubringen?“ Sie schüttelte den Kopf. „Und nun ist unser Verdächtige selbst zum Opfer geworden.“ Sie machte eine Pause. „So etwas habe ich noch nie gesehen. Vielleicht in Filmen, aber bei euch in Lübeck hätte ich das nicht erwartet.“

Schlick lächelte bei ihren letzten Worten.

„Jedenfalls“, sprach sie leise weiter, „jedenfalls haben wir jetzt nicht den Hauch eines Motives. Und ich werde das ungute Gefühl nicht los, dass es hier doch um mehr geht.“

„Falls die Verbrechen miteinander in Zusammenhang stehen. Und danach sieht es ja zumindest aus. Denn ich glaube nicht, dass es ein Zufall ist, dass sich Paulsen und der Hochstätter so kurz vor ihrem unfreiwilligen Ableben getroffen haben.“ Hoffmann nickte zustimmend. „Jetzt ist es an uns, herauszufinden, welcher Unbekannte noch im Spiel ist. Hochstätter hat sich ja schließlich nicht selbst so zugerichtet und in den Kofferraum gelegt.“

„Das sieht mir auch stark nach organisiertem Verbrechen aus: Bandenkriminalität", gab Hoffmann zu bedenken. Schlick nickte bedächtig und kratze sich am Kinn.

„Herr Schlick", kam eine Stimme aus der Halle. „Herr Angermeier ist eben angekommen."

„Danke." Schlick wandte sich wieder Sonja Hoffmann zu: „Sag bitte Andresen, er soll sich die Wohnung von Hochstätter vornehmen. Du nimmst Dir Hochstätter vor. Du hast doch diesen Spezialkurs im Profiling gemacht?" Sonja war kurz verwundert, woher Schlick das wusste, bestätigte dann aber schnell mit einem Kopfnicken. „Gut, dann erstellst Du ein Profil von Hochstätter. Wir treffen uns dann alle zur Besprechung heute Abend im Büro."

„Und Du?", fragte sie noch, denn Schlick wandte sich bereits zum Gehen.

„Ich werde mich noch einmal mit den globalen Zusammenhängen befassen", antwortete er vage, beschleunigte seinen Schritt und ging davon.

* * *

Mit Blaulicht war Erik Andresen mit den Kollegen nach Schlicks Anruf zu der Adresse gefahren, unter der der tote Bauingenieur gemeldet war. Doch an der Adresse, hinter der sich eine schöne Wohnung mit Blick auf den Dom verbarg, war außer an einem leeren Briefkasten nirgends der Name Hochstätter zu finden. Neugierige Nachbarn schauten aus den umliegenden Fenstern und auf der Straße sammelten sich Schaulustige.

„Der wohnt schon längst nicht mehr hier", erklärt eine alte Nachbarin, die sich an den Beamten vorbei ihren Weg ins Treppenhaus bahnte und prompt einem der Beamten die Aufgabe übertrug, ihren Gehwagen die Treppe hoch zu tragen. Dieser wollte nicht so recht, doch als er Andresens auffordernden Blick bemerkte, spurte er sogleich.

„Die Polizei, dein Freund und Helfer", sagte die Alte und es klang schon etwas ironisch. Andresen half der alten Dame mit ihren Einkäufen, die sie umständlich aus ihrem Gehwagen ausgeladen hatte, und folgte ihr die Treppe nach oben.

„Sagen Sie, wissen Sie denn zufällig, wo wir Ihren ehemaligen Nachbarn finden können?"

„Meinen Mann? Wieso wollen Sie zu meinem Mann?", fragte die Frau mit schon brüchiger Stimme.

„Nein, wir wollen nicht zu Ihrem Mann. Wir suchen Ihren Nachbarn. Hochstätter. Anton Hochstätter. Wo könnte dieser sein?", fragte Andresen etwas lauter.

„Wer könnte fieser sein? Horst Etter?", krächzte sie, während sie ihren Schlüsselbund aus ihrer Handtasche fingerte und ihre Wohnungstür aufsperrte.

„Anton Hochstätter", sagte Andresen noch einmal sehr laut und deutlich. „Wo finde ich Anton Hochstätter?"

Die alte Dame nahm dem Polizisten ihren Gehwagen wortlos ab, fuhr rückwärts in ihre Wohnungstür und stützte sich auf dem Gefährt ab.

„Junger Mann, meine Einkäufe“, sagte sie fordernd und sah Andresen scharf an. Dieser legte instinktiv die Stofftüte wieder in den Korb ihres Gehwagens und wiederholte seine Frage, diesmal noch lauter.

„Mein Gehör funktioniert tadellos, junger Mann. Sie brauchen nicht so zu schreien. Sehen Sie, ich muss mich jeden Tag hier hoch quälen. Es gibt keinen Aufzug und meistens muss ich hier alleine hoch, mit Einkäufen und meinem Porsche.“ Sie klopfte auf ihren Gehwagen und blickte in die Runde. „Ich weiß nicht, was Sie alle von meinem Mann wollen. Er war ein gesetzestreuer Bürger. Aber er musste viel zu früh gehen. Mein Mann ist tot. Bitte gehen Sie, sonst rufe ich die Polizei!“

„Aber gnädige Frau, wir sind von“, setzte Andresen an, aber die Alte war einen Schritt zurück gefahren und hatte die Tür zugeknallt. Von drinnen hörte man geräuschvoll das Vorlegen mehrerer Ketten und Riegel.

Andresen und die übrigen Beamten, die das Geschehen mitverfolgt hatten, sahen sich vielsagend an. Von unten war Gelächter zu vernehmen. Andresen ging herunter und trat aus der Tür heraus.

„Hochstätter wohnt bei seiner Mutter. Goldberg, hinten bei der Wakenitz“, kam ein junger Beamter auf ihn zu. „Adresse der Mutter ist schon per Funk bestätigt.“

„Danke, super gemacht“, lobte Andresen. „Abrücken“, rief er in die Runde, stieg ein und brauste davon.

Das Haus im Goldberg lag etwas abseits und hinter der Häuserreihe an der Straße. Hinter einer schmalen

Auffahrt verbarg sich ein weitläufiges Grundstück.

Wie konnte man sich es als Bauleiter leisten, hier zu wohnen, fragte sich Andresen, beantwortete sich die Frage gleich selbst, dass die Eltern wohl vermögend seien und so weiter, schließlich hatte der Mann mit dreiundvierzig noch, oder besser gesagt wieder, zuhause gewohnt, bevor ihn sein Ende auf so tragische Weise ereilt hatte.

An Andresen lag es nun, sowohl die Wohnung zu durchsuchen, wie auch der Mutter mitzuteilen, dass ihr Sohn bereits vor ihr diese Welt verlassen hatte.

Er klingelte an der Tür.

Nach einer Weile, in der seine Kollegen bereits auf dem Grundstück ausschwärmen wollten, die Andresen gerade noch rechtzeitig mit einem Wink davon abhalten konnte, öffnete eine kleine, aber noch ganz rüstige Frau die Tür. Ihre Haare waren schlohweiß und ihr Gesicht von Falten gezeichnet. Mit knöcherner Hand hielt sie den Türgriff fest, als sie dem Kommissar gegenüber trat und sich dieser vorstellte.

„Frau Hochstätter, dürfen wir hereinkommen? Wir haben Ihnen etwas mitzuteilen, Ihren Sohn betreffend", fragte er höflich.

„Polizei? Hat mein Junge etwas angestellt?", fragte sie besorgt und ließ Andresen und dessen Gefolge herein. Andresen forderte die Kollegen auf, kurz im Flur zu warten. Die Frau war in die Küche vorausgegangen. Es war sehr ordentlich im Hause, alles war aufgeräumt und stand auf seinem Platz. Dennoch roch es etwas muffig, als sei schon länger nicht gelüftet worden.

„Es ist wohl besser, wenn Sie sich hinsetzten“, deutete Andresen auf die Sitzgruppe und nahm ihr gegenüber Platz, nachdem er ihr auf einen Stuhl geholfen hatte. Eine Beamtin trat in die Küche und stellte sich etwas abseits hin.

„Frau Hochstätter, Ihrem Sohn ist etwas schreckliches zugestoßen. Wir vermuten, dass es in den frühen Morgenstunden passiert sein muss“, begann er.

„Oh herrje, mein armer Junge. Er wird doch wohl wieder?“, krächtzte sie mit leiser, aber fester Stimme.

„Es tut mir leid, Ihnen das sagen zu müssen“, sagte Andresen etwas leiser. „Ihr Sohn ist heute verstorben.“

„Oh herrje, mein armer Junge. Aber er wird doch wohl wieder?“ Ihr Gesicht zeigte keine merkliche Regung.

„Es tut mir wirklich sehr leid, Frau Hochstätter“, sagte Andresen betreten.

„Oh herrje, herrje. Aber was bedeutet das denn jetzt?“, fragte sie verständnislos in die Runde.

„Wir möchten uns gerne umsehen, wenn Sie gestatten. Das Zimmer Ihres Sohnes zum Beispiel.“

„Oh herrje, mein armer Junge. Er kommt sicher bald nach Hause?“

Andresen erhob sich langsam und wies seine Kollegin an, sich um die alte Dame zu kümmern, die ganz offensichtlich unter Schock stand. Er verließ die Küche. Die Kollegen hatten bereits damit begonnen, das Haus zu durchsuchen.

Der Kommissar ging nach draußen. Er brauchte frische Luft. Für ihn war es immer schwer, schlechte Nachrichten zu überbringen. Dabei hatte er im Laufe seiner wenngleich bislang kurzen Laufbahn schon einige schlechte Nachrichten überbringen müssen und darauf schon die unterschiedlichsten Reaktionen erlebt.

„Kommissar", riss ihn ein Kollege aus seinen Gedanken. „Das Zimmer ist leer, mal abgesehen von Möbeln, etwas Kleidung und seinen Jugendsachen. Keine persönlichen Gegenstände, kein Handy, Laptop oder dergleichen. Im Haus ist auch kein Internetanschluss, nur Telefon."

„Ach", sagte Andresen verblüfft. „Und sonst überhaupt nichts weiter?"

„Nein, das Zimmer scheint noch von früher so eingerichtet zu sein. Alles ist tipptopp aufgeräumt. Wäre da keine Baukleidung könnte man meinen, es hätte dort schon länger niemand mehr gewohnt."

„Gut danke. Und irgendwelcher Papierkram?"

„Nein, so gut wie nichts. Die Mutter hat außer ein paar Rechnungen fürs Haus auch keine Unterlagen."

„Merkwürdig", Andresen runzelte die Stirn.

Der Kollege wandte sich zum Gehen und Andresen ging ein paar Schritte weiter um das Haus herum. Das Haus hatte ein wundervolles Grundstück, das bis zur Wakenitz reichte. Er ging langsam einen kleinen gepflasterten Weg herunter und trat auf den Steg. Das grün angelaufene Holz knackte leicht unter seinem Gewicht, als er den Fuß aufsetzte, und er entschloss sich, lieber auf festem Untergrund stehen zu bleiben. Er kratzte sich am Hinterkopf und blickte in Richtung Haus. Während er noch so dastand und rätselte, wie ein erwachsener Mann in seinem Jugendzimmer im Hause seiner Mutter leben konnte, erspähte er etwas in den dichten Büschen, die das Grundstück zu einem Wäldchen hin begrenzten. Er ging darauf zu und erkannte eine kleine Hütte. Diese war so gut wie nicht zu sehen, schon gar nicht von oben vom Haus oder der Terrasse aus. Der Kommissar duckte sich unter dem Geäst hindurch und ging zu der Hütte. Die Tür war mit einem massiven Schloss gesichert und die Scheiben von innen abgedunkelt. Jetzt konnte Andresen erkennen, dass die Hütte mit einer dunklen Farbe gestrichen war und ringsherum Ranker gepflanzt waren. Diese bedeckten bereits fast die gesamte Hütte und verbargen diese vor neugierigen Blicken. Jemand hatte ganz bewusst die Hütte in diesem Gebüsch zu verstecken gewusst.

„Ich brauche zwei Leute beim Anleger. Und bringt Werkzeug mit, um eine Tür zu öffnen", gab er über Funk durch und spähte an der Hütte vorbei. Wie groß diese war, konnte er noch gar nicht ausmachen, so sehr war sie im Dickicht eingewachsen.

„Verstanden", kam es über Funk zurück.

Kurze Zeit später stand Andresen in der Hütte. Diese war gemütlich eingerichtet mit allem, was man so brauchte, um hier zu wohnen. Es fehlte nicht einmal an einer Kochnische oder einem kleinen Badezimmer nebst einer Dusche. Die Hütte maß insgesamt gut und gerne fünfundzwanzig Quadratmeter, sodass es sich hier aushalten ließ. Auf einem Schreibtisch an der Wand lagen allerlei Papiere kreuz und quer. Andresen bemerkte auch den Laptop, der zugeklappt auf dem Schreibtisch lag. Daneben stand ein weiterer Tisch, der aussah, als sei er eine Bastelecke für den Bauingenieur gewesen. Eine kleine Wendeltreppe in der Ecke führte zu einem kleinen Dachboden, wo ein Bett eingebaut war. Das Dunkel des Holzes im Inneren und der durch die verdunkelten Fenster fehlende Lichteinfall wurde dadurch kompensiert, dass überall kleine Lämpchen angebracht waren, die den Raum indirekt beleuchteten und in ein angenehm warmes Licht tauchten.

Während die Kollegen die persönlichen Gegenstände durchgingen, zahlreiche Fotos machten, Unterlagen und den Laptop sicherstellten und mitnahmen, stand Andresen in der Mitte des Raumes und fragte sich, was den Verstorbenen wohl dazu bewegt hatte, sich ein Haus hier im Garten seiner Mutter zu errichten, möglicherweise sogar völlig unbemerkt von dieser.

Die Kollegen waren fertig. Erik Andresen hatte sich auf Hochstätters Drehstuhl gesetzt und sah sich nun in Ruhe um. Er konnte sich beim besten Willen keinen Reim darauf machen.

Geschmack hatte der Mann ja, dachte Andresen bei sich, als er seinen Blick durch den Raum schweifen ließ. Und offenbar auch Geld, wenn man die Qualität der Einrichtung betrachtete. Mitten auf dem Boden lag sogar ein hochwertiger dicker Perserteppich.

Nach einem Blick auf die Uhr stand der Kommissar auf. Er musste zurück und in die Besprechung mit seinen Kollegen. Er schloss die Tür hinter sich, versiegelte diese mit einem polizeilichen Siegel und verließ das Gebüsch.

* * *

Ein ungutes Gefühl hatte den Leiter der Lübecker Polizei verfolgt, seit er seine alte Schulfreundin am morgen verabschiedet hatte. Die Rastlosigkeit, die er bei ihr verspürt hatte, hatte ihm zu denken gegeben. Deswegen hatte er nach der Abarbeitung seiner heutigen Termine auf seinem Heimweg noch einen kleinen Abstecher gemacht und seinen Wagen etwas abseits der Einfahrt vom Grundstück von Gesine Schmidt zum Stehen gebracht. Es war bereits dunkel geworden und der Wind blies die herbstlichen Blätter umher. Auch der Gehweg war mit Blättern bedeckt, die eine gefährliche Rutschpartie anboten. Justus Heinrich saß eine Zeit lang im Wagen und beobachtete aufmerksam die Straße.

Es waren schon etwa fünfzehn Minuten vergangen, und er wollte fast wieder fahren.

Was machte er überhaupt hier, hatte er sich zwischenzeitlich bereits gefragt. Vielleicht hatte er sich das Ganze auch nur eingebildet und jagte nun in seinem Feierabend seinen Hirngespinsten nach, statt in seinem Lieblingssessel lesend am warmen Kamin zu sitzen.

Da konnte er plötzlich in etwa einhundert Metern

Entfernung das Aufflammen eines Feuerzeugs und anschließende Glimmen einer Zigarette aus einem der parkenden Fahrzeuge erkennen. Heinrich sah genauer hin, konnte aber in der Dunkelheit nicht viel mehr als unbestimmte Schatten ausmachen.

Lauerte dort jemand vor der Einfahrt von Gesine Schmidt, fragte er sich. Im Schutze der Dunkelheit stieg er aus. Um nicht durch das Blinklicht der Zentralverriegelung aufzufallen, ließ er den Wagen unverschlossen und betrat den Bürgersteig. Er schlug den Mantelkragen hoch und ging los. Je näher er dem Fahrzeug kam, umso deutlicher konnte er das Glimmen der Zigarette erkennen, das mal stärker, mal wieder schwächer wurde. Der Wind wehte eine kleine Wolke Zigarettenrauch herüber. Aus den Augenwinkeln versuchte Heinrich nun, das Kennzeichen im Vorbeigehen zu entziffern. Auf der Höhe des Fahrzeugs angelangt, konnte er schließlich im Inneren des Kombis schemenhaft eine Gestalt ausmachen, die auf dem Fahrersitz saß. Er merkte sich das Kennzeichen und ging rasch weiter, wie jemand, der jetzt lieber schon längst zuhause angekommen wäre. Eine Böe mit Regen traf ihn mit voller Breitseite im Gesicht und durchnässte seine Hose. Aber das merkte er gar nicht, denn seine Gedanken rasten bereits, nachdem sich seine Vermutung möglicherweise bereits bestätigt hatte. Warum sonst sollte jemand um diese Zeit in dieser Straße in einem Wagen sitzen?

An der nächsten Ecke bog Heinrich ab und ging, als er außer Sichtweite war, schnellen Schrittes um den Block, bis er wieder bei seinem Auto angekommen war. Schnell huschte er zum Wagen und stieg ein. Mit prüfendem Blick spähte er in Richtung der Einfahrt, der gegenüber nach wie vor der Wagen stand.

Mit klammen, nassen Fingern wählte er die Nummer seiner Dienststelle und ließ sich zu Schlick durchstellen.

„Schlick, gut dass ich Sie erreiche", sagte er, als sich der Kommissar am anderen Ende der Leitung meldete. „Hören Sie, ich muss Sie um einen Gefallen bitten. Stellen Sie keine Fragen, sondern prüfen Sie bitte schnellstmöglich das folgende Kennzeichen. Dann rufen Sie mich zurück", wies er den Kommissar an und gab das Kennzeichen durch. Dann legte er wieder auf. Wenige Minuten später meldete sich Schlick zurück.

„Der Wagen ist zugelassen auf einen Rolf Behns. Vorbestraft unter anderem wegen Körperverletzung und anderer Delikte. Hat Verbindungen zur gewalttätigen Szene." Noch während Schlick sprach konnte Heinrich beobachten, dass sich in der Ferne etwas regte. Ein Schatten entfernte sich vom Fahrzeug und huschte zur Einfahrt der Bürgermeisterin. Gebannt starrte Heinrich in die Dunkelheit, konnte aber nichts weiter erkennen. Die Straßenlaterne neben der Einfahrt funktionierte nicht.

„Schlick, kommen Sie mit Andresen, der Hoffmann mit zwei Wagen sofort zu meinem Standort. Und kein Aufsehen erregen."

Schlick bestätigte.

„Und Schlick: Nehmen Sie Ihre Dienstwaffe mit", befahl im sein Vorgesetzter.

Gebannt starrte Heinrich weiter in die Dunkelheit, während er mit geübter Hand den Sitz seiner Waffe prüfte.

* * *

Die Kommissare Schlick, Hoffmann und Andresen hatten sich erst gegen Abend in ihrem Büro in der Dienststelle treffen können. Jeder berichtete kurz, was sich ereignet hatte.

Andresen hatte im ersten Durchsehen der im Gartenhaus von Anton Hochstätter sichergestellten Unterlage keine interessanten Papiere finden können, die über eine Aktivität des Bauingenieurs Aufschluss gaben und die möglicherweise in Zusammenhang mit dessen plötzlichen Ableben stand. Der Laptop wurde zwar aktuell von Fachleuten geprüft, allerdings sah auch das zur Zeit nicht vielversprechend aus. Auch die Analyse des Fundortes der Leiche hatte bislang nichts besonderes ergeben. Im Kofferraum oder in der Lagerhalle des Flughafens hatten sich keine weiteren Spuren finden lassen. Wer auch immer den Bauingenieur so zugerichtet hatte, hatte die Leiche dort hingeschafft anschließend und sich darauf verstanden, keine Spuren zu hinterlassen.

„Und gibt es Aufnahmen von den Überwachungskameras?", fragte Schlick in die Runde. „So ein Fahrzeug fährt ja nicht von selbst in die Halle."

Doch die Antwort lautete Nein, denn das System sei

mangels Wachleuten aus Kostengründen abgeschaltet, fasste Sonja Hoffmann die Ergebnisse ihrer Ermittlungen diesbezüglich zusammen.

Anschließend berichtete Andresen von seinem merkwürdigen Fund im Garten der Mutter des Toten. Sonja Hoffmann hatte derweil aus den wenigen, bislang vorhandenen Informationen ein erstes Profil erstellt.

„Dies ist natürlich noch nicht vollständig, und kann sich durch andere Informationen noch verändern. Offenbar hat Hochstätter jeden Monat große Teile seines Gehalts in bar von seinem Konto abgehoben. Möglich, dass er seine Mutter mit Bargeld unterstützt hat, denn diese wird wohl kaum in der Lage sein, das große Anwesen von einer Rente zu unterhalten. Da Hochstätter auch kaum mit der Karte bezahlt hat, haben wir keine brauchbaren Anhaltspunkte, wo und wofür er sein Geld ausgegeben hat. Ansonsten sieht es so aus, dass Hochstätter alles andere über die Firma genutzt hat: Auto und Handy zum Beispiel. Ansonsten ist Hochstätter der unauffällige Typ. Sein Perfektionismus macht ihn manchmal leicht reizbar, gerade auf dem Bau und wenn etwas nicht klappt, aber im Grunde zu allen fair. Auch bei den Arbeitern galt er zwar als streng, aber sehr großzügig, wenn ordentlich und pünktlich gearbeitet wird“, fasste sie schnell zusammen, was ihre Nachforschungen ergeben hatten. „Was Partnerschaften oder Beziehungen angeht: Fehlanzeige. Da gibt es keine Infos, die ich auftreiben konnte. Der Mann hatte keine Mitgliedschaften, ist nicht auf Dating-Seiten aktiv gewesen, nichts dergleichen.“

„Danke“, sagte Schlick und schaute nachdenklich auf das Whiteboard, auf dem Hoffmann die wesentlichen Stichpunkte untereinander notiert hatte, während sie gesprochen hatte.

„Nun da ist noch etwas“, sagte Hoffmann. „Das Haus der Mutter wurde letztes Jahr vollständig abbezahlt. Allerdings weiß keiner, wo genau das Geld herkam.“

Schlick pfiff durch die Zähne, während Hoffmann den Punkt ebenfalls notierte.

„Und wie sieht es mit Berührungspunkten zu unserer Leiche Nummer eins aus?“, fragte Andresen in die Runde.

„Aktuell keine sichtbaren, aber da werde ich noch etwas Zeit benötigen“, antwortete Hoffmann.

„Herr Angermeier hat bislang auch nicht ausgeschlossen, dass Gerd Paulsen einfach nur in die Grube gestürzt ist“, dachte Schlick laut nach. „Wer weiß, vielleicht wollte er wieder etwas demonstrieren, und sich diesmal am Baukran anketten, nachdem das mit seinen angeblich historischen Unterlagen nicht geklappt hat? In dem Falle wäre er dann nur unglücklich gefallen.“

„Das passt allerdings nicht zu den Spuren in seinem Haus“, gab Andresen zu bedenken und Sonja Hoffmann nickte zustimmend. „Das dort eine große Menge Blut auf dem Boden verteilt war, ist bestätigt. Es wird noch geprüft, ob das Blut vom Hauseigentümer selbst stammt.“

„Falls ja, schließt das Deine Theorie eines Unfalls

aus", stellte Andresen fest und nippte an seinem Kaffee.

Schlick pflichtete ihm bei: „Dann wurde die Leiche aus dem Haus in die Baugrube geschafft."

„Vielleicht wurden das auch beide Leichen?", spekulierte Hoffmann und spielte mit dem Boardmaker in ihrer Hand.

„Dagegen spricht, dass Zeugen gesehen haben wollen, dass Hochstätter das Haus von Paulsen verlassen hat und zwar lebend auf zwei Beinen", brummte Schlicks tiefer Bass.

„Also bringt Hochstätter Paulsen um und deponiert ihn hier. Aber wer hat Hochstätter so zugerichtet und danach umgebracht?"

„Könnten nicht auch Paulsen und Hochstätter von ein und dem selben Dritten umgebracht worden sein? Vielleicht, weil sie in irgend einer Sache beide betroffen oder möglicherweise in Kenntnis waren?"

„Leute, das ist viel zu viel Spekulation", brummte Schlick. „Bleiben wir doch einfach mal bei den Tatsachen. Wir wissen nicht..."

Schlick wurde durch das Klingeln seines Telefons unterbrochen. Der Anrufer war kurz angebunden. Nachdem Schlick aufgelegt hatte, machte er sich an seinem Computer zu schaffen. Seine Kollegen sahen ihn zugleich erwartungsvoll und fragend an.

„Das war Heinrich, er braucht schnell was von mir", erklärte Schlick nebenbei, während er auf dem Computer herum hackte.

„Was will er denn?", Andresen war wie immer neugierig und bot seine Hilfe mit dem Computer an.

„Wieso lässt Heinrich Dich das Kennzeichen prüfen?", wollte Hoffmann wissen. Doch Schlick quittierte das Erstaunen seiner Kollegin nur mit einem Achselzucken und wandte sich dann wieder dem Inhalt seines Bildschirms zu. Wenige Augenblicke später war, dank Andresens Hilfe, das Kennzeichen und der Halter des Fahrzeugs überprüft, und Schlick rief seinen Vorgesetzten wunschgemäß zurück.

Als Schlick nach einer halben Minute aufgelegt hatte, und seinen Kollegen vom Inhalt des Telefonats berichtete, brach eine rege Hektik in dem kleinen Büro im achten Stock des Polizeihochhauses aus.

* * *

Das Warten erschien ihm wie eine Ewigkeit. Trotz seiner langjährigen Erfahrung im Dienst verspürte Justus Heinrich eine ungewisse Anspannung, die ihn immer dann erfasste, wenn er sich eingestehen musste, besonders ungeduldig zu sein. So wie in Situationen wie dieser.

Noch immer beobachtete er gebannt die Einfahrt, in der vor etwas über zehn Minuten der Schatten aus dem Auto verschwunden war. Noch immer nieselte der feine Regen auf seine Windschutzscheibe herab. Noch immer fegte der Wind die herbstlichen Blätter durch die Gegend, deren Farben in der Dunkelheit nicht mehr zu erkennen waren. Noch war kein Auto in Sicht gekommen.

Plötzlich tauchte der mannshohe Schatten wieder auf, huschte zum Fahrzeug und verschwand dort in der Dunkelheit. Dann war alles wieder wie vorher. Die Anspannung wuchs.

Einige Minuten später vibrierte Justus Heinrichs Mobiltelefon. Er hielt es direkt an sein Ohr.

„Schlick, wo bleiben Sie denn?", fragte er hastig.

„Justus, ich bin es", kam eine zittrige Frauenstimme aus dem Telefon.

„Gesine?", fragte Heinrich, rein rhetorisch, da er ihre Stimme sofort erkannt hatte.

„Ja, ich bin es", flüsterte sie. „Ich glaube, da ist jemand draußen. Parker ist verschwunden." Ihre Stimme war angsterfüllt.

„Parker?", fragte Heinrich.

„Unser Hund"

„Okay. Gesine, bleib unter allen Umständen im Hause. Schließe die Tür ab, lass die Rollläden herunter, falls Du welche hast. Geh dann nach oben und warte dort auf meinen Anruf."

„Justus…"

„Tu' sofort, was ich Dir gesagt habe", befahl er streng und legte auf.

Geschwind wählte er die Nummer von Schlick.

„Schlick, wo bleiben Sie denn?"

„Zwei Minuten, wir sind gleich dort", kam die tiefe, beruhigende Stimme von Schlick aus dem Handy.

Wenigstens auf ihn kann man sich verlassen, dachte

Heinrich bei sich.

Kurze Zeit später hielten im Schutze der Dunkelheit und völlig unbemerkt zwei Wagen hinter Heinrichs Auto. Dieser stieg vorsichtig aus und sie trafen sich in Schlicks Wagen, wo Heinrich kurz seinen Verdacht und seine Beobachtungen schilderte. Zum Schluss berichtete er über den besorgten Anruf der Bürgermeisterin.

„Was schlagen Sie vor?", fragte Schlick seinen Chef.

„Wir greifen zu. Sie, Andresen, fahren vor und halten den Unbekannten im Wagen in Schach. Möglich, dass noch weitere Personen im Umkreis sind. Ich habe vor etwa einer halben Stunde die Runde gemacht, konnte aber niemanden entdecken. Sie, Hoffmann, gehen rein und holen Frau Schmidt und ihre beiden Kinder dort raus. Ihr steigt in meinen Wagen. Den fahre ich rückwärts in die Einfahrt. Sie, Schlick, und ich sichern. Ich vorn, Sie gehen nach hinten und sehen, ob Sie den Hund irgendwo finden. Wir rücken alle gemeinsam ab. Alles klar soweit?"

Alle nickten.

„Gut. Keine Uniformen, aber die haben Sie ohnehin nicht an. Keine Dienstausweise. Und ziehen Sie Ihre Sturmhauben über. Wir können genauso im Verborgenen arbeiten, wie Die. Abschließend Treffpunkt bei mir zu Hause. Andresen und Schlick verhindern, dass wir verfolgt werden. Noch Fragen?"

„Kennzeichen ab?", fragte Andresen kurz.

„Zu auffällig. Morgen gibt es Neue", sagte Heinrich kurz. Dann stiegen alle in die ihnen zugewiesenen Fahrzeuge.

Nach einem kurzen Telefonat mit der Bürgermeisterin gab Justus Heinrich das Startsignal. Die Wagen setzten sich in Bewegung.

* * *

„Willkommen in unserem Hause, Herr von Westerkamp. Schön, dass Sie wieder einmal bei uns sind", begrüßte der Nachtmanager des fünf Sterne Hotels an der Alster seinen Gast, der mit einer schweren Limousine vorgefahren war. Der Mann, den er begrüßte, war klein, mittleren Alters, sehr gepflegt und top fit.

„Danke, ich freue mich auf meinen Aufenthalt bei Ihnen", sagte Herr von Westerkamp freundlich und nahm die Zimmerschlüssel in Empfang. Sein Chauffeur und Leibwächter, den er nur mit „Herr Müller" ansprach, kümmerte sich bereits um das Gepäck, sodass er direkt in die geräumige Suite gehen konnte, wo kurze Zeit später ein Abendessen durch einen Diener in akkurater Livree serviert wurde. Herr Müller bezog das Zimmer nebenan.

Helmuth von Westerkamp hatte es sich bequem gemacht. Er genoss diesen Lebensstil des Unterwegsseins sehr und konnte sich nicht mehr vorstellen, allein nur in dem herrschaftlichen Büro seiner Kanzlei in München zu sitzen. Die Spezialisierung auf delikate Fälle rechtlicher Grauzonen hatte sich als Richtungsweisend erwiesen. Dennoch, und so sehr er es auch genoss, mit dem

Geld anderer Leute Macht auszuüben, so sehr versuchte er, sich aus den Belangen herauszuhalten, um zu vermeiden, dass ihn diese irgendwann als Bumerang einholten. Das Resultat war eine Gratwanderung, die ihm durchaus mehr abverlangte, als er es sich jeden Abend vor dem Spiegel eingestehen wollte. Auch waren da noch seine Nebengeschäfte, auf deren nicht unerhebliche Einnahmen er nicht verzichten wollte. So war es doch war eine gewisse Gier, die ihn antrieb, sowohl nach Macht, als auch nach Reichtum.

Es klopfte leise und Herr Müller trat ein. „Herr von Westerkamp, Ihr Kontakt ist jetzt eingetroffen."

„Danke, Herr Müller, führen Sie ihn herein."

Herr Müller führte einen Mann hinein, der offenbar arabischer Abstammung war. Er trug einen feinen Maßanzug aus britischem Hause. Den schwarzen Aktenkoffer in der Hand reichte er Herrn Müller, der diesen sorgsam abstellte und anschließend unauffällig den Raum verließ. Von Westerkamp hatte sich erhoben und die Männer begrüßten sich, wie es arabischer Brauch war, mit Küssen auf die Wangen.

„Salem Aleikum", sagte dabei der Araber.

„Aleikum Salam", antwortete von Westerkamp und bot dem Mann einen Platz an seinem Tisch an. Auf diesem waren inzwischen Hamburger Pralinees serviert worden, eine Spezialität des Hauses. Nach einer Weile höflichen Gesprächs kam der Fremde schließlich zum Grund seines Besuchs in der noblen Suite.

„Mein Freund, wie kommen Sie mit unserem Plan

voran?“

„Wir machen erfreuliche Fortschritte. Ich kehrte soeben aus Lübeck zurück und kann vermelden, dass die Arbeiten am Flughafen so weit verzögert sind, dass der chinesische Interessent bereits sein Angebot über eine Investition zurückzieht. Wir sind damit nur noch einen Schritt davon entfernt, selbst zuzugreifen. Die Vorbereitungen der notwendigen Firmierungen habe ich bereits in die Wege geleitet.“

Der Araber lächelte zufrieden. „Wir sind hoch erfreut. Die von uns aufgekauften Flughäfen werden unser Tor zur westlichen Welt sein.“

„Des Weiteren wird es Sie zufrieden stellen, dass unsererseits keine weitere Intervention vonnöten war“, berichtete von Westerkamp weiter.

„Mein Freund, wir vertrauen auf Ihr… wie sagt man… Fingerspitzengefühl. Sie genießen außerdem das Vertrauen meines Vaters.“

„Seien Sie versichert, dass ich das sehr zu schätzen weiß.“ Von Westerkamp verneigte sich sitzend.

„Bevor wir nun allerdings zu unserer Transaktion Ihres Honorars kommen, möchten wir in Erfahrung bringen, auf welche Weise Sie das bewerkstelligt haben.“

„Nun, das wird mein Geheimnis bleiben müssen. Und das ist genau die Spezialität, die Sie an meinen Diensten zu schätzen wissen. Ich weiß um diese kleinen Geheimnisse, die jeder Mensch hat, und ebenfalls darum, wie dieses Wissen nutzbringend zum Einsatz kommt.“

„Wie ich hörte, gab es allerdings Zwischenfälle von

erheblichem Ausmaß?", frage der Araber spitzfindig.

„Sie beziehen sich auf die jüngsten Entwicklungen direkt am Flughafen?"

„Exakt." Der Fremde faltete die Hände und wartete auf eine Erklärung.

„Nun, die Sache hat eine gewisse Eigendynamik entwickelt, die für unsere Zwecke mehr als günstig ist. Sagen wir nur, dass eines zum anderen kommt. Der Ausgangspunkt war dabei lediglich eine kleine, wenngleich delikate Information. Aber die Wirkung", er machte eine kunstvolle Pause, „war enorm." Von Westerkamp lächelte so wie jemand, dessen Plan voll aufgegangen war.

„Sehr gut. Wir sind sehr zufrieden." Der Araber deutete auf den Koffer, den er Herrn Müller zuvor übergeben hatte. „Ihre Gratifikation. Und wir haben uns erlaubt, Ihnen einen Bonus zuzusprechen."

Von Westerkamp verneigte sich abermals und dankte höflich.

„Bitte haben Sie Verständnis, dass ich mich nun verabschieden und auf den Weg machen muss. Mein Flug nach Riyadh geht in Kürze." Der Araber erhob sich als Erster. „Ich danke für Ihre Gastfreundschaft und die auserlesenen Köstlichkeiten."

Auch von Westerkamp stand auf und die beiden Herren verneigten sich gegenseitig. Anschließend verließ der Araber die Suite. Der Aktenkoffer aber blieb zurück.

* * *

Auf der dunklen Straße in Lübeck setzten sich die drei unbeleuchteten Fahrzeuge in Bewegung. Andresen gab Vollgas und preschte vor. Er parkte so knapp an dem gegenüber der Einfahrt der Bürgermeisterin stehenden Fahrzeug, dass der Fahrer weder wegfahren, noch die Tür öffnen konnte. Schlick brachte seinen Wagen mitten auf der Straße zum Stehen. Heinrich setzte derweil in die Auffahrt zurück, als hätte er diese Situation schon hunderte Male geübt. Schlick war ausgestiegen und hatte seine Waffe gezogen. Auch Andresen stand mit gezogener Waffe in der einen, Stabtaschenlampe in der anderen Hand, in seiner geöffneten Autotür und richtete Mündung und Lichtkegel auf den Unbekannten in dem parkenden Wagen. Der Mann war völlig überrumpelt und ließ vom Licht der hellen Taschenlampe geblendet die Hände gut sichtbar auf dem Lenkrad liegen. Andresen konnte zahlreiche Tattoos auf seinem Hals und mit Narben gezeichneten Gesicht erkennen.

Unterdessen war Hoffmann bereits im Hause. Heinrich stand neben seinem Wagen und behielt mit gezogener Waffe die Straße und Andresen im Auge. Schlick, der ebenfalls die Taschenlampe eingeschaltet hatte, eilte von der Straße an Heinrich vorbei auf das Grundstück. Vorsichtig bog Schlick um die Hausecke und betrat die Terrasse. Er leuchtete in den Garten. Alles war ruhig. Der Kommissar ging noch ein paar Schritte weiter. Auf der Terrasse lag etwas. Schlick leuchtete das Bündel auf der Terrasse an und ging vorsichtig darauf zu. Das Bündel vor der Terrassentür entpuppte sich als Parker, oder besser gesagt, als das, was von dem armen Geschöpf noch übrig geblieben war. Schlick stöhnte innerlich auf. Wer tat einem Tier so etwas grausames an? Er machte kehrt und ging vorsichtig zurück, ohne jedoch den Blick vom Garten zu wenden, den er stetig mit der Bewegung von Waffe und Taschenlampe absuchte.

Da kam auch schon Hoffmann mit den beiden Kindern auf den Armen wieder aus dem Haus und verfrachtete diese auf die Rückbank des Wagens, dessen Türen Heinrich geöffnet hatte. Auf der Straße war noch alles, wie zuvor. Andresen hielt den Mann in Schach. Hoffmann eilte zurück zur Haustür, die Gesine Schmidt gerade hinter sich verriegelte. Dann wurde die Bürgermeisterin von Hoffmann schnellen Schritts zum Auto geleitet. Die Türen flogen zu und Heinrich gab Gas. Schlick, der nach vorne zur Straße geeilt war, sah sich prüfend um. Der voll besetzte Wagen rauschte an ihm vorbei, bog auf die Straße ein und entfernte sich rasch. Der Kommissar schritt schnell zu seinem Wagen und gab Andresen ein Zeichen. Sie warteten noch einen Moment, bis der Wagen von Justus Heinrich außer Sicht war, stiegen dann gleichzeitig ein und brausten davon.

Der Einsatz hatte keine zwei Minuten gedauert. Keiner der Nachbarn hatte etwas davon bemerkt. Zurück blieb ein dunkler Schatten in einem Auto.

* * *

Das Feuer flackerte und knisterte warm. Melinda Heinrich, die Frau des Polizeidirektors, hatte sich zusammen mit Gesine Schmidt um deren Kinder gekümmert. Diese waren ganz aufgeregt gewesen und hatten nicht ganz verstanden, wieso sie so plötzlich aus dem Hause mussten. Aber es war alles ganz abenteuerlich und ultra-spannend, sodass sie auch gar nicht einschlafen konnten. Doch die Gästebetten der Heinrichs waren angenehm groß, die Bezüge flauschig und Melinda, eine erfahrene Großmutter, hatte zu einem alten Hausmittel gegriffen, um für süße Träume zu sorgen. Nach einem Becher heißer Milch mit Honig schliefen die Kinder schließlich ein, auch wenn sie von ihrer Mutter keine wahrheitsgemäße Antwort zum Verbleib ihres kleinen Freundes Parker erhalten hatten. Schließlich konnte die Bürgermeisterin zu den Männern ins Wohnzimmer zurückkehren, wo Justus Heinrich mit ernster Miene in seinem Sessel vor dem Kamin saß. Die Gastgeberin klapperte derweil in der Küche mit Geschirr herum.

„Gut, dass Du mich gleich angerufen hast", begann er und berichtete, in welchem Zustand Schlick den Hund auf der Terrasse vorgefunden hatte. Die Bürgermeisterin wurde ganz blass und versank in dem geräumigen Polstermöbel.

„Wir glauben, dass das eine Warnung war", fügte Andresen hinzu. „Die Frage, die wir uns nun stellen, und die Sie uns beantworten müssen ist: Was ist hier eigentlich los?" Er sprach ruhig, aber eindringlich.

Gesine Schmidt schaute aus eingefallenen müden Augen zuerst Andresen, Hoffmann und Schlick an, dann ihren alten Schulfreund Heinrich.

„Danke, dass ihr das alles auf euch genommen habt", sagte sie erst nur. Dann atmete sie geräuschvoll aus, so als ob eine schwere Last von ihr fiele. „Wisst ihr, es war alles ganz harmlos. Und dann..." Sie stockte.

„Was? Was war alles harmlos?", fragte Sonja Hoffmann behutsam und setzte sich neben sie auf das Sofa.

„Sie müssen uns jetzt berichten, was vorgefallen ist, Frau Schmidt. Auch wenn das heute nur eine Warnung war, scheint wer auch immer Sie vor etwas warnt nicht davor zurück zu schrecken, seine Hände schmutzig zu machen. Wer auch immer das nun genau ist. Sie sind in Gefahr, vor der wir Sie nur schützen können, wenn wir wissen, mit wem wir es zu tun haben." Schlicks tiefer Bass klang beruhigend und fordernd zugleich.

„Also gut", sagte Schmidt schließlich nach einigem Zögern und sah betreten auf das persische Muster auf dem Teppich. „Vor etwas über einem Jahr hat mich ein Mann kontaktiert. Er sagte, er wolle sich mit mir treffen und er wolle mir etwas zeigen. Ich hatte keine Ahnung, um was es ging, und stimmte zu. Während des Treffens bat er mich um einen kleinen Gefallen, nur eine kleine Information, die er haben wollte. Ich lehnte ab, weil das unter das Amtsgeheimnis fiel. Da zeigte er mir, was er mitgebracht hatte, und ich hatte keine Wahl, als ihm diese Information zu beschaffen. Seither kontaktiert er mich immer wieder. Zuletzt gestern Abend."

„Und was wollte er?", fragte Hoffmann rasch.

„Mal dies, mal das. Meistens ging es um Grundstücke oder Ausschreibungen. Ich habe ihm dann immer Kopien der internen Akten gemacht und übergeben." Die Anspannung im Raum stieg momentan. „Heute nach der Arbeit bin ich dann zu meiner Tochter in den Reitstall gefahren und hatte das Gefühl, verfolgt zu werden. Beim Einkaufen danach auch. Heute Abend dann schlich jemand ums Haus. Und dann habe ich Dich angerufen." Sie sah auf zu Justus Heinrich.

„Gut Gesine. Es ist wichtig, dass Du uns jetzt alles erzählst", sagte Heinrich ruhig. Andresen hatte schon sein Notizbuch und den Stift gezückt.

„Kennst Du den Mann? Wie hat er Dich kontaktiert?"

„Ich hatte ihn noch nie zuvor gesehen. Er ruft mich auf meinem Handy an, aber ich kann nicht zurückrufen. Die Nummer ist unterdrückt. Er sieht aus wie ein Anwalt, klein, freundlich, so um die fünfzig. Er wird in einer schwarzen Limousine herum gefahren. Ich kann mich allerdings nicht an das Kennzeichen erinnern. Und an den Fahrer auch nicht richtig. Der hält immer nur die Tür auf und..."

„Er hat also schon öfter Gefälligkeiten eingefordert?", fragte Andresen.

Gesine Schmidt sah wieder betreten zu Boden und nickte.

„Das ist ganz klar Erpressung", stellte Sonja Hoffmann fest und Entrüstung spielte in ihrer Stimme mit. „Aber was hat er gegen Sie in der Hand? Womit erpresst er sie?"

Die Bürgermeisterin sah erneut in die Runde. Sie schwieg betreten. Ein Holzscheit knackte laut hörbar. Sie stützte ihr Gesicht in die Hände und schüttelte den Kopf.

„Kommen Sie", sagte Hoffmann und legte behutsam ihren Arm um sie. „Was ist los? Sie müssen uns alles erzählen. Sie werden sehen, danach geht es Ihnen gleich besser." Sie reichte ihr ein Taschentuch.

„Es ist schon so ewig her", begann sie schluchzend. „Schon dreißig Jahre! Ich war Studentin und habe ein Auslandsjahr in Spanien gemacht. Nun, viel Geld hatte ich nicht und wollte mir immer schöne Sachen kaufen. Da geriet ich an einen Mann, der mir schnelles Geld versprach." Sie macht eine Pause.

„Und dann?", bohrte Andresen weiter.

„Es sei nur ein Film, den er machen wolle", erzählte sie weiter. „Nur ein Film. Ich sollte eine Szene mit einem Mann drehen. Nur wir beide in einem der Hörsäle der Uni. Er zog mich aus und wir haben..." Sie weinte.

„Ein Porno?", fragte Andresen und Gesine nickte.

„Aber bei dem einen ist es nicht geblieben. Und auch nicht bei dem einen Mann. Sie überredeten mich, an einem Dreh mit mehreren Männern teilzunehmen..."

Schlick und seine Kollegen sahen sich an. Die Bürgermeisterin im Porno-Dreh! Sieh einer an, dachten sie sich.

„Ich war jung, naiv und hätte das nie tun sollen", heulte sie. „Ich kann einfach nicht mehr. Ich schaffe das alles nicht. Was musst Du jetzt bloß von mir denken,

Justus?“

„Ach, Gesine, das ist doch heutzutage alles halb so wild. Jeder hat sicherlich irgendwas in seiner Vergangenheit gemacht, worauf er nicht ganz so stolz ist“, versuchte er sie zu beruhigen. „Allerdings hättest Du damit gleich zu mir kommen sollen“, fügte er streng hinzu. „Die Filme sind die eine Sache und möglich, dass Du damit nicht unbedingt Wähler gewinnst, aber Erpressung ist eine Straftat. Da hätten wir gleich einschreiten und verhindern können, dass es überhaupt so weit kommt.“

Wieder sah sie betreten zu Boden. Wie ein Kind, das eine Standpauke erhält.

„Nun, ich will es gut sein lassen. Du hattest einen anstrengenden Tag und musst Dich jetzt ausruhen“, sagte er gütig. „Wir brauchen allerdings Dein Handy.“

„Augenblick bitte, noch“, meldete sich Schlick zu Wort. „Um welchen Gefallen hat Sie dieser Mann gestern Abend gebeten?“

„Ich sollte dafür Sorgen, dass die Ermittlungen am Flughafen weiter gehen“, sagte Gesine Schmidt nicht ganz wahrheitsgemäß. Sie saß schon ziemlich in der Tinte, dachte sie sich, und wollte nicht auch Heinrichs Zorn wegen der Gefährdung laufender Ermittlungen auf sich ziehen.

„Deswegen warst Du also heute morgen bei mir?“, fragte sie Heinrich, der sich sehr wohl an ihren merkwürdigen Besuch erinnerte.

„Ich weiß nicht, was ich machen soll“, sagte sie hilflos

und ließ Kopf und Schultern hängen.

„Schon in Ordnung, Gesine, nun kümmern wir uns um die Sache. Geh nun erst einmal schlafen und ruh' Dich aus. Alles Weitere werden wir morgen besprechen", sagte der Gastgeber in gütigem Tonfall.

Seine Frau Melinda war in der Tür erschienen.

„Melinda meine Liebe, Du kommst wie gerufen. Am besten Gesine legt sich jetzt hin. Und Du bitte auch. Ich komme später zu Dir rauf", sagte er, umarmte seine Frau und gab ihr einen Kuss, bevor er sich wieder seinen Mitarbeitern zuwandte.

An der Tür klingelte es.

„Das werden die Kollegen vom Personenschutz sein", erkärte Heinrich. „Andresen, weisen Sie sie bitte ein. Ich halte es für das Beste, Frau Schmidt und ihre Kinder zumindest für die nächsten Tage hier unter Schutz zu stellen, bis sich die Lage beruhigt hat."

Andresen tat wie ihm befohlen. Heinrich setzte sich wieder, ordnete mit einer ganz untypischen Handbewegung sein Haar und sah dann zusammen mit den anderen nachdenklich ins Feuer. Als Andresen zurückkehrte, erklärte der Polizeichef: „Dieses Gespräch hat niemals stattgefunden. Kann ich mich auf Ihre Diskretion verlassen?" Er blickte eindringlich in die Runde.

Die drei Anwesenden nickten.

„Gut, das weiß ich zu schätzen. Es steht außer Frage, dass Frau Schmidt so nicht im Amt bleiben kann. Aber ich möchte ihr nicht mehr Schwierigkeiten bereiten, als unbedingt nötig. Was die Erpressung und die Weitergabe der Unterlagen angeht, sollten wir intern und mit so wenig Aufsehen wie möglich an die Sache heran gehen. Einverstanden?"

Wieder Nicken im Raum.

„Hoffmann, ich möchte dass Sie eine Fangschaltung einrichten und außerdem versuchen herauszufinden, wer dieser ominöse Anrufer ist", begann er, die Aufgaben zu verteilen.

„Ich halte es für das Beste", sagte Schlick, „wenn wir diesem ominösen Unbekannten eine Falle stellen. Frau Schmidt sollte sich mit ihm verabreden und ihn in ein verfängliches Gespräch verwickeln. Wir zeichnen dieses auf und versuchen, brauchbares Beweismaterial zu sammeln."

Justus Heinrich nickte zustimmend.

„Und was hat das Ganze jetzt mit dem Flughafen zu tun?", fragte Hoffmann in die Runde.

„Ich habe da schon so eine ungefähre Ahnung", erklärte Heinrich. „Aber ich will mich morgen früh einmal ausgiebig mit Gesine, ähm Frau Schmidt, darüber unterhalten. Heute Abend war sie dazu viel zu aufgewühlt. Und Sie sollten jetzt auch alle nach Hause gehen", erhob er sich und geleitete seine Mitarbeiter zur Tür.

Nachdem alle gegangen waren saß er noch eine ganze Weile vor dem Feuer, und dachte darüber nach, wie sich seine alte Schulfreundin in diese für sie so ausweglose Situation gebracht hatte. bis nur noch die dunkelrot glühenden Reste des Feuers übrig geblieben waren.

Draußen vor dem Haus hatten die Personenschützer fast unsichtbar Position bezogen und wachten über das Anwesen.

Donnerstag

Schlick hatte schlecht geschlafen. Obwohl er erst gegen zwei Uhr Nachts im Bett gewesen war, trieb ihn der unruhige Schlaf schon gegen sechs Uhr aus den Federn. Im langen, schlabbrigen Schlafanzug stand er vor seiner Wand im Wohnzimmer, an der er noch vor dem Schlafengehen die Bilder und Informationen zum Fall vom gestrigen Tage ergänzt hatte. Der Kaffee in der Tasse in seiner Hand duftete aromatisch. Er starrte eine Weile auf die Wand und ging dann davor auf und ab.

Wie gehören Paulsen und Hochstätter zusammen? Was verbindet die beiden? Wie passt die Erpressung der Bürgermeisterin ins Bild? Diese Fragen stellte er sich immer und immer wieder. Schließlich formte er die Fragen gedanklich um, um eine neue Perspektive einzunehmen. Wer hatte einen Vorteil davon, dass Paulsen und Hochstätter tot waren? Wer erpresst Gesine Schmidt? Was will der Erpresser erreichen und warum? Was hatten Hochstätter und Paulsen mit Gesine Schmidt zu tun?

Die Türklingel schrillte. Schlick runzelte die Stirn, bekam er doch sonst eigentlich nie Besuch, schon gar nicht um kurz vor sieben in der Frühe. Durch den Türspion entdeckte er niemand anderen als Justus Heinrich.

„Chef, was machen Sie denn hier?", fragte er verwun-

dert, als er den Polizeichef eher notgedrungen als frei-
willig herein gelassen hatte.

„Wir müssen reden", gab dieser kurz zurück und
hatte bereits abgelegt und war ins Wohnzimmer getreten, bevor Schlick noch etwas sagen konnte. Instinktiv
fürchtete der Kommissar, sein Chef würde ihn wegen
seiner morgigen Pensionierung aufsuchen.

„Man, hier ist es ja eisig", fröstelte es den Besucher.

„Das hilft mir beim Denken, Chef", gab Schlick
plump zurück. Sein Chef musterte ihn in seinem Schlafanzug von oben bis unten, sagte aber nichts. Dann fiel
sein Blick auf die Wand.

„Schlick, das habe ich jetzt aber nicht gesehen. Was
fällt Ihnen ein, diese Unterlagen mit nach Hause zu
nehmen?", fragte er barsch und ging zur Wand.

„Das hilft mir beim Denken, Chef", sagte Schlick
ein zweites Mal. Sein Chef warf ihm einen bösen Blick
zu, stand dann aber selbst vor der Wand. „Außerdem
kommt hier niemand außer mir herein", fügte Schlick
noch hinzu und trat hinter seinen Chef.

„Hm", sagte dieser nur und besah sich die Wand und
die Verbindungslinien, die Schlick zwischen den Informationen mit Reiszwecken und farbigem Garn ge-
spannt hatte. „Hut ab, Schlick. Sorgfältig sind Sie ja, das
muss man Ihnen lassen." Insgeheim freute Schlick diese
Anerkennung seines Chefs, dem er das Anfahren von
neulich auf dem Flur noch nicht recht hatte verzeihen
können, er schwieg jedoch.

„Aber sehen Sie, was ich sehe?", fragte er, ohne Schlick

anzusehen.

„Sie sehen nichts?“, entgegnete Schlick die Frage.

„Genau das ist es! Ich sehe nichts. Da gibt es keine Verbindung zwischen Paulsen und Hochstätter. Jedenfalls keine, die wir bislang kennen. Und außer, dass Paulsen als Aktivist sicher gern die Schließung des Flughafens gehabt hätte und Hochstätter dort als Bauingenieur gearbeitet hat, haben die beiden doch nichts gemein, was den Flughafen betrifft.“ Er wischte sich mit der gewohnten Handbewegung die Strähne aus dem Gesicht.

„Daher ist anzunehmen, dass diese beiden Morde, sofern Paulsen nicht verunfallt ist, mit der Sache des Flughafens nichts zu tun haben“, ergänzte Schlick.

Heinrich kratzte sich am Kinn. „Fragt sich nur, warum beide Leichen dort gefunden wurden?“

„Vielleicht, damit es nur so aussieht, als hätten die beiden mit dem Flughafen zu tun?“, dachte Schlick laut.

Sie schwiegen eine Weile und betrachteten weiter die Informationen auf der Wand.

„Den Spuren nach könnte es sich auch folgendermaßen zugetragen haben“, spekulierte Schlick. „Paulsen und Hochstätter kannten sich aus einem uns noch unbekannten Grund. Vielleicht hat Hochstätter den Paulsen aus genau diesem Grund umgebracht. Gelegenheit dazu hatte er, als er in Paulsens Haus war. Auch hatte er die Gelegenheit, die Leiche zum Flughafen zu bringen. Vielleicht ist Hochstätter ja auch aus diesem Grund umgebracht worden?“

„Und der Täter hängt was diesen Grund betrifft mit

drin“, ergänzte Heinrich.

Sie schwiegen wieder eine Weile und starrten auf die Wand.

„Was machen Sie eigentlich, wenn Sie in den Ruhestand gehen, Schlick?“, fragte Heinrich beiläufig. Ihm war das Schicksal, dass Schlicks Frau ereilt hatte, bekannt.

„Keine Ahnung, Chef“, die Frage traf Schlick etwas unvorbereitet. „Am liebsten würde ich noch ein paar Jahre machen.“

„Aber Schlick, jeder Mensch freut sich auf den Ruhestand“, er musterte ihn von der Seite. „Sie müssen sich mit dem allen hier nicht mehr herumschlagen und können wieder anfangen, das Leben zu genießen.“

„Nun, ich habe Freude an meiner Arbeit“, stellte Schlick fest.

Wieder schwiegen sie für eine Weile.

„Wenn Sie also die Verbindung zwischen Paulsen und Hochstätter finden“, konstatierte Heinrich schließlich, „dann finden Sie womöglich auch das Motiv für die Morde.“

Er drehte sich abrupt um.

„Gut, mein lieber Schlick, ich will Sie nicht länger aufhalten.“ Schon war er wieder im Flur und hatte sich seinen Mantel übergeworfen.

„Ach übrigens, Schlick, da ist noch etwas, was der eigentliche Grund meines Besuchs bei Ihnen ist: Ich habe mit Frau Schmidt gesprochen und wir sind überein gekommen, dass sie sich nicht zur Wiederwahl stellen und ihre politischen Ämter niederlegen wird. Sie muss sich vor allem aus persönlichen Gründen mehr Zeit für sich und ihre Kinder nehmen. Und da die Wahl ohnehin in weniger als zwei Monaten stattfindet, ersparen wir Lübeck so einen weiteren Skandal. Ich denke, wir haben so eine akzeptable Lösung gefunden, meinen Sie nicht auch?"

Schlick nickte zustimmend, denn im Grunde war es ihm egal.

„Ach und Schlick, Ihre Wand da drinnen habe ich nie gesehen", fügte er noch schnell im Gehen hinzu.

Schlick schloss die Tür hinter seinem Chef und atmete durch.

Das war gerade noch einmal gut gegangen, dachte er bei sich, denn er wusste, wie streng sein Chef in dieser Sache war. Dann machte er sich daran, sich für den Tag frisch und fertig zu machen.

∗ ∗ ∗

Die alte Dame öffnete und erkannte in Schlick den Polizisten vom Vortage wieder. Sie bat ihn herein und sie setzten sich in die Küche. Sie sah zum Fenster hinaus auf die Wakenitz, die der herbstliche Wind ziemlich aufwühlte und machte einen traurigen Eindruck auf Schlick.

„Darf ich Ihnen ein paar Fragen stellen?", fragte Schlick vorsichtig.

„Es geht um meinen Jungen?", die alte Dame sprach

leise und wandte dem Blick nicht vom Fenster.

„Ja. Hatte Ihr Sohn irgendwelche Feinde?“

„Mein Junge. Nein, ich weiß nicht. Niemand der ihn umbringen würde. Wir waren oft zusammen unterwegs, wissen Sie? Mein Sohn war ein guter Junge, der sich immer gut mit allen verstanden hat. Er hat mich oft mitgenommen und mich auch seinen Freunden vorgestellt.“

„Ist es nicht ungewöhnlich, dass ein Mann in seinem Alter bei seiner Mutter lebt? Ich meine, er ist doch erst vor Kurzem wieder hier eingezogen?“

„Sie müssen wissen, ich komme nicht so oft raus, seit dem Tod von Hans-Werner. Ich mache meinen Garten, so gut es geht, aber so richtig unter die Leute mag ich nicht mehr gehen. Und das hat mein Junge gespürt und er ist wieder zu mir gezogen.“

„Wann war das?“, hakte Schlick nach.

„Ach, das weiß ich nicht so genau. Zwei oder drei Jahre ist das jetzt her. Aber Sie müssen wissen, Hans-Werner ist schon fünfzehn Jahre tot. Nur jetzt kann ich auch nicht mehr so gut und mein Junge hat mir immer im Garten geholfen.“ Sie wandte ihren Blick vom Fenster ab und goss sich und Schlick eine Tasse Tee ein. Der Pfefferminztee duftete herrlich nach grüner Minze aus dem Garten.

„Da, wo Sie jetzt sitzen, da saß immer mein Junge.“ Sie sah wieder zum Fenster hinaus, als könne sie ihren Sohn dort draußen irgendwo sehen.

„Sagen Sie bitte, können Sie sich vorstellen, warum jemand Ihren Sohn getötet hat?“, fragte er vorsichtig.

Das der Leichnam durch Spuren von Folter entstellt war, verschwieg er bewusst.

„Nein. Er war immer freundlich. Natürlich kann man nicht mit jedem befreundet sein, aber wissen Sie, er hatte so viele nette Freunde, und sie alle mochten mich auch und haben sich immer sehr um mich gekümmert, wenn ich meinen Jungen auf Reisen begleitet habe.“

Schlick fiel auf, dass sie die Reisen schon das zweite Mal erwähnte. „Wo sind Sie denn hin gefahren?“

„Ach, überall hin“, sagte sie und trank einen Schluck Tee. Schlick spielte mit seiner Tasse, die ihm noch zu heiß war.

„Können Sie sich erinnern, wohin die Reisen gingen?“

„In schöne deutsche Städte, aber auch nach Dänemark, Holland oder Frankreich. Je nach dem, wo er zu tun hatte, wissen Sie. Mein Sohn ist ja Bauingenieur, und als solcher sehr gefragt. Und da ich ja sowieso nicht alles von dem verstehe, worüber die Männer reden, war ich froh, auch mal in Gesellschaft in diesen schönen Städten zu sein. Wissen Sie, seine Freunde haben sich immer gut um mich gekümmert und waren sehr aufmerksam. Das sind nicht alle jungen Leute heutzutage.“

„Was hat ihr Sohn denn sonst so gemacht, neben der vielen Arbeit?“

„Nun, die Arbeit ist ja sehr anstrengend und da ist er oft auch erst spät nach Hause gekommen und hat sich gleich hingelegt. Er ist ein sehr ordentlicher Junge, müssen Sie wissen. Anfangs hatte ich ja bedenken, aber es war fast so, wie früher. Und auch seine Freunde, die ihn besucht haben, waren alle immer sehr freundlich und aufmerksam."

„Hatte er oft Besuch?"

„Ich würde sagen, ganz normal. Aber warum fragen Sie das alles, Herr Kommissar?", fragte die Alte und sah ihn an. Schlick hatte den Eindruck, als blitzen ihre Augen kurz auf. Im nächsten Moment sah sie aber wieder wie eine traurige alte Frau aus.

„Ich versuche herauszufinden, wer Ihrem Sohn etwas Böses tun wollte."

„Aber doch nicht seine Freunde. Herr Kommissar, für die lege ich meine Hand ins Feuer. Die sind so nett und freundlich, da suchen Sie am falschen Fleck. Aber so ist es ja immer, der Verdacht fällt auf die Falschen." Das letzte hatte sie eher zu sich selbst gesagt und Schlick ignorierte es geflissentlich.

„Ist denn in letzter Zeit etwas außergewöhnliches passiert?"

„Nein Herr Kommissar. Das habe ich gestern schon Ihrer Kollegin gesagt. Ich habe nichts außergewöhnliches bemerkt."

„Und was hat es mit dem Haus dort im Gebüsch auf sich?"

„Ach, Sie meinen die Laube? Mein Junge hat es sich etwas zurecht gebaut, wissen Sie. Dort konnte er auch mal ungestört mit seinen Freunden Fußball schauen. Aber ich war schon länger nicht mehr dort unten. Ich habe im Haus schon immer alle Hände voll zu tun, wissen Sie? Ich bin ja auch nicht mehr die Jüngste. Mit dreiundachtzig ist es nicht mehr alles so einfach, wie früher. Und Hans-Werner ist ja auch schon länger nicht mehr da...“

„Hatte Ihr Sohn eine Freundin?“, unterbrach sie Schlick, bevor sie wieder in ihren Monolog über ihren längst verstorbenen Gatten verfiel.

„Dazu blieb ihm neben der vielen Arbeit kaum Zeit, wissen Sie?“, erklärte die Alte und sah wieder zum Fenster hinaus. „Er hat so hart gearbeitet, damit wir weiter hier wohnen bleiben durften. Hans-Werner war spielsüchtig, müssen Sie wissen. Er hat sich hoch verschuldet und das Haus beliehen. Aber er war mein Mann und ich habe ihn geliebt. Irgendwie haben wir es schließlich immer geschafft. Nur dann ist er plötzlich voraus gegangen, viel zu früh...“

„Das heißt, Ihr Sohn hat die Raten für Ihre Hypothek bezahlt?“

„Ja, wissen Sie, das war großartig. Mein Sohn hat im Lotto gewonnen. Mit seiner Glückszahl, die hatte er schon als kleiner Junge. Es war die 49. Mit dem Geld hat er die ganze Hypothek abgelöst. Mein Junge...“

Schlick staunte nicht schlecht. Glück musste der Mensch haben, obwohl er vielleicht am Ende sein Glück aufgebraucht hatte?

Schlick versuchte noch ein wenig weiter zu bohren, doch er hatte den Eindruck, die Alte hatte entweder keine Ahnung oder keine weiteren brauchbaren Informationen mehr für ihn.

Nach dem Gespräch ging er selbst noch in den Garten hinunter. Die Alte beobachtete ihn aus dem Küchenfenster. Wie zuvor Andresen ging er hinunter zu dem Steg, gegen den die Wellen des vom Wind aufgepeitschten Wassers mit ihren Schaumkronen schlugen. Auf dem Weg herunter hatte er die Hütte nicht entdecken können. Erst auf dem Weg zurück zum Haus bemerkte er den Eingang ins Gebüsch, der hier und da schon ziemlich plattgetreten war. Über einen kleinen Pfad erreichte er schließlich die Hütte. Er erbrach das polizeiliche Siegel und ging hinein.

* * *

Es war schon wieder Nachmittag, als sich im kleinen Büro im achten Stock des Polizeihochhauses bei dem Geruch von reichlich frisch bedrucktem Papier und Kaffee die Kollegen Schlick, Hoffmann und Andresen zusammenfanden. Andresen war auch jetzt noch nicht so richtig ausgeschlafen und trank einen Becher besonders starken Kaffee. Hoffmann hatte zu Schlicks Begeisterung wieder Rosinenschnecken für ihre Besprechung besorgt. Sie machte den Anfang und berichtete, dass die Nachforschungen zu dem ominösen Anrufer, der die Bürgermeisterin erpresste, bislang ergebnislos verlaufen waren.

„Die Kollegen haben beim Anbieter die Verbindungsdaten abgefragt. Aber das Handy auf der anderen Seite ist ein Prepaid-Handy aus einer Werbeaktion, bei der die SIM-Karte mit der Rufnummer mit offenbar falschem

Namen im Internet bestellt wurde. Die Karte wurde zwar an eine Adresse verschickt und ist offensichtlich angekommen, allerdings ist das die Adresse in einem riesigen Bürohochhaus in Berlin mit über einhundert Mietparteien. Der Concierge nimmt alle Post entgegen und verteilt diese hausintern. Da merkt keiner, wenn da mal ein Brief abhanden kommt. Diese Spur ist also Fehlanzeige.“

„Kann man das Telefon nicht orten?“, fragte sich Andresen, der mit vollem Mund sprach.

„Doch, wenn es angeschaltet wäre. Es ist aber ausgeschaltet. Zuletzt war es gestern zur Zeit des Anrufs an und in einer Mobilfunkzelle hier in Lübeck angemeldet. Mehr können wir zur Zeit nicht herausfinden. Falls aber die Rufnummer noch einmal aktiv wird, greift unsere Fangschaltung.“

„Wenn mich mein Gefühl nicht täuscht, wird es das nicht“, sagte Schlick langsam. „Ich weiß nicht wieso, aber ich glaube, der Erpresser ist ziemlich schlau. Und auch der Mann von gestern Abend da im Auto wird uns nicht viel weiter helfen. Um den hattest Du Dich gekümmert?“, wandte er sich an Andresen.

„Viktor Egbert, ein alter Bekannter und Freund des Halters des Fahrzeugs, Rolf Behn. Egbert habe ich anhand der Tattoos erkannt. Er behauptet, von nichts zu wissen. Er habe nur im Wagen gesessen und geraucht. Er dürfe sich ja schließlich in einem freien Land frei bewegen.“

„Der ist sicher bar bezahlt worden“, warf Schlick ein.

„Aber er hat den Hund getötet. Es kann nur er gewesen sein“, warf Sonja Hoffmann ein.

„Mutmaßlich“, konterte Andresen. „Das können wir nicht beweisen. Es gab keine Spuren, die wir sicher gestellt haben Wir haben nur die Aussage des Chefs, dass sich ein Schatten von Egberts Fahrzeug zur Einfahrt bewegt habe. Das wird den Staatsanwalt nicht sonderlich erfreuen. Außerdem handelt es sich dabei rechtlich was den Hund angeht auch nur um Sachbeschädigung.“

„Und alles, was die Erpressung angeht, fußt nur auf der Aussage von Gesine Schmidt. Aber ohne die Identität des Erpressers zu kennen, bringt uns das auch nicht viel weiter. Außerdem müssten wir den Fall dann an die zuständige Abteilung weiter reichen. Der Chef möchte allerdings, dass wir das vertraulich und nur hier intern behandeln.“ Schlick hatte die letzten Worte sehr eindringlich ausgesprochen und Andresen und Hoffmann nickten.

„Zusammengefasst heißt das also, dass wir in der Sache nicht weiter kommen“, stellte Schlick fest.

Sodann berichtete der Kommissar über sein Gespräch mit der Mutter des ermordeten Anton Hochstätters.

„Das ist doch merkwürdig“, Sonja Hoffmann kaute wieder auf ihrer Unterlippe herum, „dass jemand, der keine Feinde hatte auf diese Weise endet? Haben wir etwas grundlegendes übersehen? Und was ist mit Gerd Paulsen?“

Das Telefon klingelte und Schlick führte ein kurzes Telefonat.

„Das war Herr Angermeier", die anderen sahen ihn erwartungsvoll an. „Er kommt rauf", sagte Schlick nur und biss in seine Rosinenschnecke.

Kurze Zeit später klopfte es und herein kam der forensische Experte in schwarzem Rollkragenpullover und ebenso schwarzer Hose.

„Gemütlich haben Sie es sich hier gemacht", sagte er, und als Sonja ihm einen Kaffee anbat, fügte er hinzu: „Danke sehr gerne." Er setzte sich auf den letzten freien Stuhl im Raum.

„Nun, meine Herren, werte Dame, ich darf Ihnen zunächst zu Gerd Paulsen berichten. Diesen haben wir bekanntlich auf dem Grunde der Baugrube unweit der Kraftstoffsilos tot aufgefunden." Er rückte einen Zwicker auf der Nase zurecht und sah recht lustig aus für Sonja Hoffmann, die ihn so das erste Mal sah. Sie kicherte leise. Er schaute über die Gläser hinweg in die Runde und lächelte. „Also weiter. Der Tod war bereits zuvor eingetreten und zwar vermutlich schon am Dienstag Nachmittag gegen 16:00 Uhr. Jedenfalls ist seine Armbanduhr zu diesem Zeitpunkt so stark beschädigt worden, dass diese stehen bleib. Allerdings halten sich die übrigen Frakturen, die nicht durch den Aufprall am Boden der Grube post-mortem entstanden sind, in Grenzen. Da ist vor allem eine Fraktur des Schädels und eine Verletzung der Halsschlagader, durch die der Tote einen massiven Blutverlust erlitten hat. Dies geschah, bevor er in die Grube geworfen wurde." Er machte eine kurze Pause. „Kommen wir nun zum Haus des Toten

Gerd Paulsen, wo wir zahlreiche Fingerabdrücke sichergestellt haben. Sie stammen von Anton Hochstätter, unserem Opfer Nummer zwei, zwei Sätze von unbekannten Personen und zwei Sätze von Kollegen, die ich bereits zu mehr Sorgfalt am Tatort ermahnt habe." Er machte eine Pause und trank einen Schluck Kaffee, der ihm offenbar ganz gut schmeckte.

„Und das Blut im Hause Paulsen?", nutzte Hoffmann ungeduldig die Gelegenheit zu einer Zwischenfrage und Schlick lächelte.

„Dazu wollte ich gerade kommen", setzte Angermeier zu einer Antwort an. „Das Blut stammt vom Opfer selbst. Somit ist der Tatort im Hause des Opfers gelegen, das jemand nach Beseitigung der Blutspuren gründlich durchsucht hat. Allerdings hat der Täter dabei Handschuhe getragen. Die mögliche Tatwaffe", er hielt ein Foto eines metallenen Fleischhammers hoch, „haben wir in der Regentonne entdeckt. Brauchbare Spuren, die einen Hinweis auf den Täter geben, haben wir allerdings an der Tatwaffe nicht finden können."

Schlick und Andresen nickten anerkennend.

„Kommen wir nun zum Opfer Nummer zwei. Der Bauingenieur wurde offenbar an einem noch unbekannten Ort durch einen oder mehrere Täter an den Armen gefesselt und anschließend einer umfassenden Folter unterzogen. Die Aufzählung der Techniken erspare ich Ihnen. Nur soviel dazu: Da hat sich jemand von diversen Quellen Inspiration geholt, orientiert sich jedoch an keinem charakteristischen Muster. Allerdings weisen

Art und Umfang der dem Opfer zugefügten Verletzungen darauf hin, dass es zunächst um die Extraktion von Informationen ging. Das sieht man an den Verletzungen, die zwar schmerzhaft, aber wenig lebensbedrohlich sind. Anschließend haben der oder die Täter offenbar entweder ihre sadistische Freude am Quälen ausgelebt, oder aber Rache genommen. Die alsdann dem Opfer beigebrachten Verletzungen waren allesamt schlechterdingstödlich, wie man es historisch ausdrücken würde. Die Tortur wurde so lange wie möglich aufrecht erhalten und der Leichnam anschließend in dem Fahrzeug deponiert und dieses in besagter Lagerhalle des Flughafens abgestellt.“

In den Büro war es still geworden. Alle hingen an den Worten des Forensikers.

„Die Brutalität der Täter im Falle des zweiten Opfers deutet auf eine mögliche Tat im Rahmen einer Bandenkriminalität hin. Das Blut des Opfers war unauffällig und der Mann war an sich Kern gesund. Eine Untersuchung der Kleidung des Opfers ergab allerdings ein positives Ergebnis im Drogentest auf Methamphetamin.“ Ein Raunen ging durch den Raum.

„Bevor Sie Ihre Schlüsse ziehen, bitte ich noch um etwas Aufmerksamkeit“, dozierte der Forensiker weiter. „Ich fand weiterhin an den Händen des zweiten Opfers Spuren, die nicht mit der Folter in Zusammenhang stehen. Eine Analyse ergab, dass es sich dabei um Blutspuren handelt, die wir identifizieren konnten. Können Sie kombinieren, wessen Blut das Opfer Nummer zwei kurz vor seinem Tod an den Händen hatte?"

„Vom Täter?", mutmaßte Andresen.

„Vielleicht ein alter Bekannter?", versuchte Hoffmann ihr Glück, aber Angermeier schüttelte den Kopf.

Schlick lächelte. „Gerd Paulsen. Hochstätter hatte Gerd Paulsens Blut an den Händen", sagte er.

„Exakt", der Forensiker klatsche mit der Hand auf seinen Schenkel. „Und daraufhin habe ich an Gerd Paulsen eine Untersuchung auf Methamphetamin durchgeführt. Der Mann hatte davon ebenfalls Spuren davon an der Kleidung. Beide Männer waren mit der Droge in Berührung gekommen und zwar erst vor Kurzem. Um Ihrer Spekulation vorzubeugen: Bei keinem der beiden Männer war der Konsum von Methamphetamin im Blut nachweisbar. Gerd Paulsen war allerdings dem Konsum von Marihuana nicht abgeneigt, was mittlere Werte von THC im Blut belegen."

„Damit haben die beiden also mit Drogen zu tun?", fragte Andresen.

„Oder das Meth stammt bei beiden Opfern vom Täter und ist zum Beispiel beim Transport der Leichen auf deren Kleidung gelangt?", fragte Hoffmann.

„In dem Kofferraum, in dem das zweite Opfer gefunden wurde, haben wir ansonsten kein Methamphetamin gefunden", schüttelte Angermeier den Kopf. „Das Opfer wurde post-mortem in jenem Kofferraum abgelegt und anschließend nicht mehr umgelagert."

„Wie wäre es denn mit folgender Theorie, die vielleicht am besten zu den Spuren passt. Hochstätter geht nachmittags zu Paulsen. Die beiden streiten sich und er erschlägt ihn mit dem Fleischklopfer, den er in der Regentonne entsorgt. Dann schafft Hochstätter die Leiche an den Ort, an dem er diese ungestört und vielleicht auch im Schutze der Nacht ablegen kann: Der Baustelle auf dem Flughafen", spann Schlick seine Theorie.

„Und worüber sollen sich die beiden gestritten haben?"

„Da kommen die Drogen ins Spiel", stellte Schlick trocken fest. „Wir haben bislang keine Anhaltspunkte, warum die beiden Männer sich überhaupt treffen sollten. Auch ist die Demo, bei der Gerd Paulsen sich am Tor festgekettet hatte, ist schon Monate her. Warum also sollte Hochstätter den Paulsen besuchen? Doch aus einem anderen Grunde, der womöglich gar nichts mit dem Flughafen zu tun hat."

„Und wie erklärst Du dann, dass er am Nachmittag gesehen wurde, wie er in sein Auto stieg? Er wurde schließlich nicht mit einer Leiche über der Schulter gesehen", hielt Andresen dagegen.

„Stimmt. Aber möglich wäre, dass er die Leiche zu späterem Zeitpunkt geholt und seine Spuren verwischt hat. Möglich, dass die Tat auch im Affekt geschah und Hochstätter erst später klar wurde, dass er seine Spuren verwischen musste."

„Und wie passt in Deine Theorie, dass Hochstätter so zugerichtet wurde?", fragte Sonja, die Schlicks Theorie zumindest im Ansatz plausibler fand, als alles andere, was sie bis dahin angenommen hatten.

„Das muss geschehen sein, nachdem er die Leiche von Paulsen zum Flughafen gebracht hatte. Drogen wären da auch ein Motiv. Zu dieser Beobachtung passen übrigens auch die Aussagen von Hochstätters Mutter. Diese meinte, sie sei mit ihrem Sohn häufig unterwegs gewesen, auch im Ausland. Die achtzigjährige Mutter wäre das perfekte Alibi, um zum Beispiel an den Grenzen nicht aufzufallen und vielleicht auch gar nicht weiter kontrolliert zu werden. Oder konnten wir den Unterlagen, die bei Hochstätter sichergestellt wurden, entnehmen, dass dieser bei Bauprojekten im Ausland tätig war?", fragte er in die Runde. Alle schüttelten mit dem Kopf.

„Zu Deiner Theorie passt übrigens auch, dass die Hypothek auf das Haus und Anwesen tatsächlich bezahlt wurde. Und das schon vor drei Jahren", warf Hoffmann ein, die sich gerade noch einmal einen Stapel vorhin herein gekommener Unterlagen vorgenommen hatte. Dann pfiff sie durch die Zähne. „Günther, sagtest Du nicht, der Sohn hätte im Lotto gewonnen?"

„Behauptet zumindest die Mutter."

„Hier ist die Auskunft der Lottogesellschaft. Kein Anton Hochstätter ist denen als Gewinner bekannt!"

„Das könnte also bedeuten, der ach so liebe Sohn ist viel tiefer in dunkle Geschäfte verwickelt, als wir glauben?", fragte Andresen.

„Ich glaube, werte Dame, meine Herren, meine Dienste sind nun nicht mehr vonnöten, da Sie nun in Kenntnis aller forensischen Fakten sind?", fragte Ewald

Angermeier nun, da die Kommissare dabei waren, einen möglichst plausiblen Tathergang zu rekonstruieren.

„Danke, Herr Angermeier. Ich denke, wir haben tatsächlich erst einmal alles, was wir brauchen", bestätigte Schlick und dankte dem Forensiker nochmals für seine gründliche Arbeit, bevor dieser das Büro verließ.

„Die Frage ist also: Woher bekommt Hochstätter die Drogen? Von Gerd Paulsen wohl kaum", stellte Andresen fest.

Schlick lachte und faltete die Hände vor seinem Bauch. „Nein, das glaube ich auch nicht. Das passt nicht ins Bild. Eher umgekehrt. Vielleicht hat Hochstätter auf seinen Reisen die Drogen besorgt und dann unter anderem an Paulsen und die zahlreichen Freunde, von denen seine Mutter so begeistert ist, weiter verkauft."

„Dann müsste Hochstätter doch sicher irgendwo noch Drogen gebunkert haben, oder zumindest Bargeld?", fragte sich Andresen, allerdings so laut, das alle es hörten.

„Gar nicht mal so dumm", kommentierte seine Kollegin. „Es gibt doch meistens so etwas wie eine eiserne Reserve für Notfälle. Allerdings hattet ihr das Haus doch gründlich durchsucht?"

„Das Haus schon", sagte Schlick gedehnt. „Aber wenn ich Hochstätter gewesen wäre, würde ich das Gartenhäuschen vorziehen. Da ist die Gefahr geringer, dass die Mutter plötzlich über einen Haufen Drogen oder Scheinchen stolpert."

„Gut, dann sollten wir schleunigst noch einmal das

Gartenhaus unter die Lupe nehmen", sagte Andresen und war bereits aufgestanden.

„Dann mal los!", kommandierte Schlick und sie verließen das Büro.

* * *

Ohne sich bei der alten Frau anzumelden, marschierten die drei Kommissare direkt in den Garten und zu der verborgenen Hütte in dem an das Wäldchen grenzenden Gebüsch. Es dämmerte bereits und Andresen leuchtete ihnen den Weg. Das polizeiliche Siegel, das Schlick dort nach seinem Besuch neu aufgeklebt hatte, war unberührt. Sie gingen hinein und schalteten das Licht ein.

„Gemütlich!", sagte Sonja leicht verzückt, als sie die geschmackvolle Einrichtung der geräumigen Hütte in Augenschein nahm.

„Hier lässt es sich aushalten, nicht wahr?", kommentierte Schlick und setzte sich auf Hochstätters Schreibtischstuhl. „Nun, werte Kollegen, wir suchen nach einem Versteck, in dem Hochstätter Drogen oder Geld verborgen hat."

Sie machten sich auf die Suche. Dabei durchforsteten sie jeden erdenklichen Winkel und ließen dabei auch mögliche Geheimfächer in Möbeln, Abseiten, Hohlräume in Wänden, Verstecke im Spülkasten des WCs oder gar im Sockel der Kochnische nicht außer acht. Doch nirgends war etwas zu finden. Schließlich setzten sie sich hin und machten eine Pause.

„Wie ist das eigentlich mit morgen?", fragte Schlick zwischendurch in die Runde, „wer kommt alles mit zum Ball?"

„Ich glaube ich passe dieses Jahr", sagte Andresen, und als es Hoffmann nicht hören konnte, fügte er hinzu: „Du weißt ja, Verena und ich reden nicht einmal mehr miteinander." Er sah Schlick vielsagend an.

„Gut, wir haben alles durchsucht. Vielleicht hat er es ja um's Haus herum versteckt? In der Regentonne?", sagte Andresen dann wieder lauter, als Hoffmann in die Nähe kam.

„Das würde nicht zu Hochstätter passen", sagte sie. „Der scheint wenig dem Zufall überlassen zu haben und war strukturiert und berechnend in seinem Handeln und Vorgehen."

Schlick sah hoch zur Decke und streckte sich.

„Wenn dieses Haus noch mehr Räume oder vielleicht einen Keller hätte, dann könnten wir weiter suchen", sagte Andresen frustriert. „Aber wir haben jetzt jeden Winkel durchsucht. Und wer wird schon einen Keller in eine Gartenhütte bauen, die direkt auf Höhe der Wakenitz liegt?", fragte er beiläufig, weil er schon allein die Frage für völlig unsinnig hielt.

„Ein Bauingenieur", beantwortete Schlick Andresens Frage. Diesem blieb der Mund offen stehen. Er sah zu Boden. Unter seinen Füßen lag der dicke Perserteppich, der fast den gesamten Boden des Raumes bedeckte. Mit einem Mal waren alle herbei geeilt.

„Da ist bestimmt eine Klappe drunter!“, rief Andresen eifrig aus und alle zogen den schweren Teppich zur Seite. Doch statt einer Klappe im Boden kam nur der lackierte Holzboden der Hütte zum Vorschein.

„Wäre auch zu schön gewesen“, klopfte Sonja Andresen aufmunternd auf die Schulter. Doch Schlick ließ nicht so einfach locker. Mit der Stabtaschenlampe leuchtete er den Boden ab. Dabei wies er seine Kollegen an, den schweren Teppich ordentlich aufzurollen und aus dem Weg zu schaffen. Akribisch genau untersuchte Schlick jeden Zentimeter des Fußbodens, bis er schließlich fündig wurde.

„Schaut her!“, sagte er triumphierend. Er deutete auf deutlich sichtbare Spuren, die den Holzlack zerkratzt hatten. Er klopfte auf den Boden. Darunter hörte es sich hohl an. Andresen sah sich nach einem Werkzeug um, während Schlick und Hoffmann die Stelle näher untersuchten. Zu ihrem Leidwesen war allerdings kein Mechanismus erkennbar, der die Klappe hätte öffnen können.

„Lasst uns nochmal überlegen“, sagte Hoffmann schließlich und richtete sich auf. Dabei streckte sie sich und richtete ihre Haare. Andresen fiel auf, wie sportlich sie war. „Der Mann war Bauingenieur und baut einen geheimen Keller unter sein Gartenhaus. Da würde er doch auch sicher stellen, dass man es nicht so einfach hat, den Keller zu finden?“ Sie sah sich um. Alle Gegenstände im Raum machten Sinn. Sie waren entweder dort, um gebraucht zu werden, oder aber aus einem plausiblen Grund. Versteckte Knöpfe oder Hebel hatten sie auch keine finden können. Jedenfalls hatten sie die vergangene halbe Stunde damit verbracht, alles erdenkliche zu bewegen, um einen möglichen geheimen Mechanismus auszulösen, der die Klappe im Boden öffnete. Sie erklärte den anderen ihre Idee und sie sahen sich gemeinsam um. Da fiel Andresens Blick auf eine Fernbedienung eines Fernsehers, die wie gewöhnlich auf dem Schreibtisch lag.

„Sagt mal, gibt es hier eigentlich einen Fernseher?", fragte er und nahm die Fernbedienung in die Hand.

„Nein, ich habe noch keinen gesehen", gab Schlick zurück und sah Andresen fragend an. Dieser betrachtete die Fernbedienung in seiner Hand etwas genauer.

„Gib mal neunundvierzig ein. Die Mutter meinte zu mir heute morgen, es sei seine Glückszahl gewesen", wies Schlick ihn an.

Als Andresen die Ziffern gedrückt hatte, war ein leises, scharfes, metallenes Klicken im Raum zu vernehmen. Fast lautlos glitt der Boden nach unten weg und gab eine Treppe frei, die hinab führte. Unten ging ein Licht an. Die Kommissare sahen sich vielsagend an.

* * *

Im Gleisdreieck ging Franky an sein Handy. Er war ein behäbiger, stämmiger Mann Mitte vierzig, der schon mehrfach gesessen hatte und so gut wie alles mitgemacht hatte, was man als Kleinkrimineller so mitmachen kann.

Neben den markanten Narben zierten sein Gesicht und seinen Hals einige Tattoos, auf die er ziemlich stolz war. Sein tatsächlicher Name, Frank Krüger, hörte sich bei einem Mann wie ihm einfach zu gewöhnlich an, und so hatte er sich kurzerhand eines Tages Franky genannt.

Am anderen Ende der Leitung meldete sich eine Frauenstimme. „Berichte mir: Was ist passiert?", forderte diese ihn auf.

Es war dunkel auf dem Schrottplatz und irgendwo in der Nähe bellte ein Hund.

„Es war so, wie Sie gesagt haben", antwortete er mit höherer Stimme, als man von diesem Bären von Mann erwartet hätte. „Sie kamen gestern Abend und haben sie geholt."

„Hast Du die Botschaft klar und deutlich überbracht?", fragte die Frauenstimme am anderen Ende.

„Ja, der Hund. Ist erledigt", sagte die hohe Fistelstimme.

„Gut", die Frauenstimme war zufrieden. Franky lehnte sich an seine Motorhaube. „Allerdings haben wir ein Problem", die Stimme macht eine Pause. „Anton ist aufgeflogen."

„Und jetzt?", flüsterte er. Plötzliche Aufregung ergriff ihn.

„Abfackeln. Und dann fährst Du in den Urlaub. Wir sehen uns dann in zwei Wochen."

Es knackte in der Leitung und der Anruf war beendet. Franky steckte das Handy in seine Jacke. Den Rest der Zigarette warf er in eine Pfütze, wo sie zischend ausging.

Das wird lustig, dachte er bei sich und stieg in seinen Wagen. Langsam rollte er vom Schrottplatz.

* * *

„Sollen wir eigentlich jetzt doch Verstärkung holen?", fragte Hoffmann, als sie die schmale Treppe hinab stiegen.

„Nun lass uns doch erst einmal schauen!", Andresen sprach laut und ging vor.

„Gut.", sagte Schlick, der hinter Hoffmann auf den obersten Stufen stehen geblieben war und lieber nicht weiter hinunter ging. „Ich rufe jetzt Verstärkung. Und wisst ihr was: Ich glaube, wir haben endlich das Motiv gefunden!" Er nahm sein Handy aus der Tasche und wählte. Doch dann musste er feststellen, dass das Gerät keinen Empfang hatte.

Nie kann man sich auf die Technik verlassen, fluchte er leise vor sich hin. Dann rief er in die Bodenluke herunter: „Leute, ich habe hier keinen Empfang. Bin kurz draußen vor der Tür."

„Okay", kam es zweistimmig von unten und Schlick verließ das Holzhaus. Draußen peitschte der Wind über die Baumwipfel des kleinen Wäldchens. Schlick fand den Weg auf die freie Rasenfläche, und probierte es noch einmal. Aber auch hier hatte er noch keinen Empfang.

Mist, fluchte er vor sich hin. Immer wenn man die Technik braucht, versagt dieser neumodische Scheiß. Er stapfte durchs nasse Gras nach oben zum Haus und ging zu seinem Wagen. Dort würde doch sicher ein Funkgerät liegen, dachte er sich.

* * *

Schnell hatte Franky sein Ziel für diesen Spätnachmittag erreicht. Im Schutze der Dunkelheit hatte er seinen Wagen etwas Abseits geparkt und saß auf dem Fahrersitz. Das Fenster einen Spalt weit geöffnet zog er an seiner Zigarette und spielte an seinem Handy herum. Er chattete gerade mit einer Brünetten, die er letzte Woche in der Disco kennen gelernt hatte, in die er trotz seines Alters auch auf andere als die Ü-30-Partys ging. Mit dem Geld, dass ihm dieser Job einbrachte, wollte er schließlich nicht allein an einen sonnigen Strand fliegen. Die Kohle reichte locker für zwei, dachte er weiter.

Schon so manche Frau hatte sich aus diesem Grunde auf ihn eingelassen. Franky war, wenn er denn Geld in der Tasche hatte, recht spendabel, besonders für das andere Geschlecht. Und da er Geld weder liegen sehen, noch besonders gut damit umgehen konnte, gab er es schlichtweg aus. Und verdiente sich von neuem Geld mit Jobs wie diesem.

Nach dem er zuende geraucht hatte, öffnete er die Tür. Mit geübtem Griff prüfte er den Sitz seiner Pistole, die er unter dem linken Arm im Holster trug, wo sie vor neugierigen Blicken verborgen blieb. Den Reißverschluss der Jacke ließ er offen. Mit einem Benzinkanister aus dem Kofferraum ging er vorsichtig den Pfad entlang, der einem weniger Ortskundigen in der Dunkelheit gar nicht aufgefallen wäre. Doch Franky war schon oft hier gewesen und kannte diese Ecke wie seine Westentasche, sodass er auch auf das Licht einer Taschenlampe verzichten konnte. Nach einigen Minuten unterwegs durch das kleines Waldstück tauchte schemenhaft in der Dunkelheit der eckige große Umriss eines Gebäudes auf. Franky verlangsamte seinen Schritt, als er auf der Rückseite des Hauses Licht sah. Es kam aus der Tür, die offen stand. Auf leisen Sohlen näherte er sich und blieb stehen. Lauschend starrte er in die Dunkelheit um das Haus herum und auf den Lichtschein, der nur einige Meter des mit Laub bedeckten Bodens vor der Tür beleuchtete. Außer dem Rascheln der Blätter und dem Rauschen des Windes war nichts zu hören. Mit behandschuhter Hand schraubte er den Deckel vom Kanister ab und begann, den Inhalt von außen auf dem Gebäude zu verteilen. Dabei ging er leise um das Haus herum. Zum Schluss war er vorne angelangt und spähte hinein. Drinnen war es leer. Er trat herein. Doch da sah er es: Die Klappe vom Boden war geöffnet.

Höchste Zeit, dachte er sich und schüttete schnell den restlichen Inhalt des Kanisters aus.

Draußen machte der Wind eine Pause, so als müsste er zu Atem kommen und es war für einen Moment ganz still.

Das scharfe Klicken eines Sturmfeuerzeuges unterbrach die Stille. In der Hand des großen Mannes züngelte eine helle Flamme auf, als Franky ein in Benzin getränktes Tuch entzündete. Für einen Moment sah sich der große Mann noch einmal in dem Häuschen um. Viel Zeit hatte er hier verbracht. Viel Geld hatte er hier verdient. Nun würde er die Hütte in Minuten in Schutt und Asche legen.

Er ließ das brennende Tuch fallen. Der Raum erhellte sich. Binnen Sekunden brannte die Hütte lichterloh.

* * *

„Guck mal, Sonja", Andresen zeigte auf die fein säuberlich angeordneten Apparaturen. Sie hatte den Lichtschalter gefunden und steriles Neonlicht erhellte den Raum. Das Licht fiel auf eine Vielzahl an Kolben, Messzylindern, große und kleine Trichter und komische Apparaturen. Es erinnerte geradezu an eine Chemiestunde, nur erheblich strukturierter und viel größer. Alles war sauber und aufgeräumt.

„Ein Meth-Lab", entfuhr es Andresen, als er die Warnaufkleber auf den an der Wand stehenden Fässern sah.

„Ein Meth-Lab?", fragte Sonja Hoffmann.

„Methamphetamin", erklärte Andresen und Sonja rollte mit den Augen, da sie selbstverständlich wusste, worum es sich bei der Abkürzung Meth handelte. Sie war sich nur noch nicht schlüssig.

„Kennst Du nicht Breaking Bad?" Er zwinkerte ihr zu.

„Das ist doch so eine TV-Serie", kommentierte sie. „Ich steh' nicht so auf Serien", sagte sie dann und sah sich weiter im Raum um.

„Dann hast Du aber was verpasst“, redete Andresen einfach weiter. Er schien nahezu respektvoll umher zugehen, als ob er gerade das Filmset in Augenschein nahm. „Da gibt es diesen Heisenberg. Das ist ein Lehrer, der sich Geld für seine Krebstherapie verdienen muss. Erst kocht er Meth mit einem Schüler in einem Wohnmobil, später haben sie ein mega-großes unterirdisches Labor.“

„So wie dieses?“, unterbrach ihn Hoffmann und sah ihn ungläubig an.

„Ja, so in der Art!“ Andresen nickte. „Die Story geht über Jahre. Heisenberg ist sein Spitzname und er beliefert zeitweilig sogar die ganzen USA mit seinem Meth, das er über seine Fast-Food Kette überall hinbringen lässt. Aber zum Schluss erledigt Heisenberg sie alle in einem riesigen Machtkampf.“

„Aha“, sagte Hoffmann in den Raum und stemmte die Arme in die Hüften. „Dann hat also wer immer das hier gebaut hat definitiv zu viel von Deiner TV-Serie geschaut!“ Sie verschaffte sich einen Überblick.

„Sonja, schau hier!“, rief Andresen fast verzückt. Sie hatten das Ende des unterirdischen Raumes erreicht. „Genau wie bei Heisenberg. Hier ist der Vorrat an Meth!“ Sie schauten durch eine Glasscheibe in einen Schrank, in der fein säuberlich einige Säcke in der Größe von Gefrierbeuteln eingeordnet waren. Andresen wollte die Tür öffnen, doch Sonja Hoffmann herrschte ihn an: „Nichts anfassen!“

„Ich weiß“, Andresen zog schnell seine Hand zurück.

„Ich bin grad völlig aus dem Häuschen. Sowas in Lübeck, das hätte ich nicht erwartet!"

„Du Andresen", Hoffmann hielt inne und packte ihren Kollegen am Arm, „riechst Du das auch?" Beide sahen sich an.

Es roch nach Benzin.

* * *

Am Auto angekommen ärgerte sich Schlick umso mehr. Im Wagen lag kein Funkgerät. Sie mussten es in der Eile des Aufbruchs vorhin in der Ladestation im Büro auf der Dienststelle vergessen haben.

Wie konnten sie nur so nachlässig sein, dachte sich Schlick und sah auf sein Handy und lehnte sich an das Auto. Dann müsste er das Gerät wohl neu starten. Ein freundliches kleines grünes Männchen erschien auf dem Bildschirm und das Gerät wurde dunkel. Einige Sekunden später startete es neu und das grüne Männchen kam wieder zum Vorschein. Schlick stöhnte geräuschvoll.

Der Wind hatte plötzlich nachgelassen und es war ganz leise geworden.

Das Handy in Schlicks Hand war nun wieder hochgefahren und suchte das Netz. Schlick verschloss den Wagen und ging wieder in Richtung Garten, am Haus der Alten vorbei.

Zur Not müsste einer der anderen die Kollegen rufen, dachte sich der Kommissar. Auf der Terrasse stehengeblieben, versuchte er es erneut und schaute in die Dunkelheit. Das Telefon an seinem Ohr tutete, als plötzlich das Wäldchen am Fuße des Grundstücks in ein merkwürdiges Licht getaucht wurde. Schlick ließ den Arm sinken und setzte sich in Bewegung. Es roch nach Feuer. Der Wind setzte wieder ein, als wolle er die Flammen noch mehr entfachen. Schnell war Schlick trotz seiner Körperfülle an dem kleinen Wäldchen angekommen. Die Hitze schlug ihm schon hier entgegen. Der Wind tat sein Übriges.

„Andresen, Hoffmann, raus da!", schrie der Kommissar aus Leibeskräften und seine Stimme überschlug sich dabei. Im nächsten Moment wurde ihm schwarz vor Augen, als ihn etwas Hartes am Kopf traf.

* * *

Mit Blick auf die Binnenalster residierte Helmuth von Westerkamp am liebsten. Er saß vor einem der großen, vom Boden bis zur Decke reichenden Fenster seiner Suite in einem bequemen Sessel. Herr Müller war eben gegangen und neben ihm auf einem kleinen Beistelltisch hatte der Service unter Aufsicht seines Leibwächters vor kurzem ein köstliches Mahl serviert. Von Westerkamp besah sich das rege Treiben rund um die Alster und genoss sichtlich den Abend. Er hatte ohnehin viel zu genießen in seinem Leben. Den Absprung hatte er geschafft und er ließ keinen Moment aus, stolz auf sich zu sein, nicht unbedingt aus Überheblichkeit, sondern aus einem ganz einfachen Grunde.

Weil ich es kann, dachte er bei sich und lauschte weiter der Musik aus der Hotelanlage.

Einige Minuten hatte er schon so da gesessen, als unvermittelt das Telefon klingelte. Aber statt sein teures Smartphone zur Hand zu nehmen, griff er zu einem einfachen schmucklosen Prepaid-Handy, dass auf einer kleinen Anrichte neben dem Fenster lag.

„Hallo“, melde er sich knapp.

„Es ist soweit. Wir fahren in den Urlaub, mein Junge“, sagte eine Frauenstimme am anderen Ende der Leitung. Die Stimme klang alt.

„Habt ihr schon eure Koffer gepackt?“, fragte er die Anruferin.

„Wir sind gerade am packen und ich werde noch heute den Zug nehmen.“

„Gute Reise!“, antwortete von Westerkamp und legte auf. Das Gespräch hatte keine zehn Sekunden gedauert. Einen Moment lang zögerte er noch, dann ging er ins Bad und ließ sich das Waschbecken mit Wasser ein. Er sah in den Spiegel. Diesen Moment hatte er kommen sehen und seine Kontaktperson hatte ihm auf diesem Wege eine geheime Nachricht zukommen lassen. Er warf das Handy in das Wasser. Das Display erlosch und der Kurzschluss zerstörte die Elektronik. Später würde er die SIM-Karte entfernen und alles vernichten.

Wieder auf dem Sessel am Fenster angekommen, hatte er seinen Appetit gänzlich verloren. Der Anruf, den er soeben erhalten hatte, bedeutete das Ende einer einträglichen Einnahmequelle. Der Plan war ganz einfach gewesen und hatte wahrscheinlich auch deswegen so lange so gut funktioniert: Die Alte hatte ihr Grundstück zur Verfügung gestellt und man hatte dort mit einigem Aufwand ein unterirdisches Labor gebaut. Der Bauingenieur war der Verantwortliche vor Ort gewesen, die Alte hatte das Finanzielle unter ihrer Kontrolle. Wer würde schon vermuten, dass eine achtzigjährige unschuldig aussehende Oma, die mit ihrem Gehwagen durch die Stadt schob und schon Jahrzehnte immer am Donnerstag Nachmittag ein Stückchen Marzipantorte in dem selben Café zu sich nahm, Drogengeschäfte kontrolliert hatte, die sogar die Grenzen der Region, ja sogar über deutsche Grenzen hinaus gegangen waren? Von Westerkamp schmunzelte. Die Alte war dabei äußerst professionell.

Knapp drei Jahre war tatsächlich alles gut gegangen. Zu gut, wie er fand. Seiner Erfahrung nach ging früher oder später etwas schief. Nachbarn fiel etwas auf, das „Team" war mit der Bezahlung unzufrieden, die Stimmung kippte und er musste die Operation abbrechen. Hier jedoch war alles ganz anders gekommen. Alles hatte damit begonnen, dass der Flughafen erweitert werden sollte. Ein größerer Flughafen hätte aber auch mehr Sicherheit bedeutet, was zum Schluss kleine, vor allem spontane und unauffällige Flüge unmöglich machen würde. Dabei Einfluss darauf zu nehmen, wer den Flughafen kaufen würde, war ihm schließlich geglückt, doch dann war es passiert.

Er hielt das Weinglas in der Hand. Sein Blick schweifte in die Ferne und er sah die leuchtenden Lichter der Autos.

Die Botschaft, die ihm durch den Tod seines Getreuen, Anton Hochstätter, übermittelt worden war, war kurz, deutlich und vor allem endgültig gewesen. Dabei war diesmal keiner aus den eigenen Reihen schuld gewesen. Wut stieg in ihm auf und er umklammerte das Glas fester. Er knirschte mit den Zähnen bei dem Gedanken an die schrecklichen Fotos, die er heute Nachmittag hatte ansehen müssen. Die Fotos, die einen seiner treuesten Mitarbeiter im Kofferraum eines Autos zeigten. Was er auch in seinen letzten Minuten gesagt haben mochte, konnte sie nicht zu ihm führen. Doch die Grausamkeit, mit der sie vorgegangen waren, erschütterte ihn. Das Glas zersprang in seiner Hand und das Blut aus den feinen Schnitten in der Haut mischte sich mit dem teuren Wein.

* * *

„Das ist Benzin", entfuhr es Hoffmann und Andresen zugleich.

„Sofort raus hier", kommandierte Andresen nicht eine Sekunde zu früh. Er schob Sonja Hoffmann in Richtung der Treppe. Eine Hitze und ein Gestank schlug ihnen entgegen. Die Gase raubte ihnen den Atem.

„Raus hier!", brüllte Andresen aus voller Kehle. Da war die Treppe. Hoch! Im Laufen zogen sie sich die Jacken über den Kopf, um sich vor dem Feuer und der

Hitze zu schützen. Hoffmann war als erste oben. Die Hütte brannte lichterloh. Das Feuer knackte laut. Es war heiß, sehr heiß. Wo war der Ausgang? Sie konnte vor Hitze kaum die Augen öffnen und rannte blind in die Richtung, in der sie die Tür vermutete. Endlich, nach schier endloser Zeit, war sie draußen. Dort war es kalt und dunkel. Sie rannte noch ein paar Schritte, hielt dann inne und rang nach Atem. Sie sah sich um. Wo war Andresen?

Andresen hatte sie die Treppe hochgeschoben und war kurz nach ihr oben angelangt. Das Feuer wütete inzwischen auch im Keller. Die Chemikalien im Labor gerieten in Brand. Es stank bestialisch. Andresen bekam keine Luft mehr. Alles war so heiß. Einen Moment lang verlor er die Orientierung. Eben war Sonja noch da gewesen. Wo war sie jetzt hin? Er konnte nichts mehr sehen, so heiß war es. Das Haus ächzte. Die Flammen züngelten überall. Seine Lunge brannte. Sein Gesicht brannte. Und seine Beine fühlten sich an, als würden sie auch brennen. Doch da! War da die Tür? Andresen taumelte einen Schritt vor. Hinter ihm krachte es laut. Die Fenster waren längst zersprungen und der Wind fachte das Feuer nur noch mehr an. Er bildete sich ein, dass es dort vorne dunkler war. Er taumelte weiter. Noch einen Schritt. Und noch einen. Er hatte die Augen zu und doch war es taghell. Noch ein Schritt weiter, zwang er sich. Da spürte er plötzlich den kühlen Luftzug in der Hitze. Ein letzter Schritt. Endlich stand er im Freien.

Sonja Hoffmann war inzwischen zu Atem gekommen

und half Schlick auf die Beine, auf den sie auf dem Weg durch das Wäldchen getreten war. Sie schleppten sich zwischen den Bäumen hervor. Auf dem Rasen ließ sich Hoffmann erschöpft zu Boden und ins nasse Gras fallen, während Schlick ungläubig in das Waldstückchen blickte. Er fasste sich an die Stirn, aus der es aus der Platzwunde blutete, die ihm der Angreifer zugefügt hatte. Diesen hatte er nicht einmal kommen sehen. Auch wenn Schlick seine Dienstwaffe dabei gehabt hätte, hätte er den Angreifer nicht abwehren können.

In der Tür tauchte plötzlich inmitten der brennenden Flammen eine Gestalt auf. Kaum hatte Andresen bemerkt, dass er nicht mehr im Inneren der Hütte war, rannte er los. Ihm war so heiß und die Beine brannten so sehr. Seine Kleidung stand bereits in Flammen. Er rannte so schnell er noch konnte an Schlick und Hoffmann vorbei. Nur noch fünf Meter, da war die Wakenitz. Mit einem letzten riesigen Satz war er am Ufer und sprang hinein. Das kalte Wasser empfing ihn und löschte zischend die Flammen.

Krachend explodierte das Labor unter der Hütte in dem Wäldchen, dass inzwischen auch Feuer gefangen hatte. Ein knallgelber Feuerball erhellte die Szene, der sogar noch von der Wallbrechtbrücke aus zu sehen war. Von dem Haus war nichts mehr übrig.

In der Ferne konnte man wenige Minuten später die Sirenen der von besorgten Nachbarn herbeigerufenen Einsatzkräfte hören. Schlick half Andresen aus dem kalten Wasser. Die dicke Platzwunde an seinem Kopf schmerzte ihn, aber das Adrenalin der Aufregung ließ ihn kurzzeitig alle Schmerzen vergessen. Kaum war er an Land sackte Andresen wie ein nasser Sack zusammen und verlor das Bewusstsein.

* * *

Es kam heutzutage relativ selten vor, dass Justus Heinrich einen Tatort besuchte. Nachdem er aber von einem Kollegen zuhause angerufen worden war und gehört hatte, dass Schlick, Andresen und die Kollegin Hoffmann teils schwer verletzt aufgefunden worden waren, hatte er sich sogleich ins Auto gesetzt und war herbei geeilt.

Vor Ort waren mehrere Feuerwehren damit beschäftigt, das lodernde Feuer im Waldstück unter Kontrolle zu bringen. Die drei Kommissare waren bereits nach oben gebracht worden und wurden medizinisch versorgt.

„Wer wohnt denn hier?", fragte Justus Heinrich einen der umher eilenden Polizisten.

„Das ist die alte Hochstätter", kam prompt die Antwort.

„Ist das die Mutter von Anton Hochstätter?", fragte Heinrich, der zumindest vor seinem Feierabend die Einträge in der Ermittlungsakte von der Befragung der Mutter des Toten gelesen hatte.

„Ja genau die."

„Und wo ist sie jetzt? Kann doch nicht sein, dass irgendjemand das nicht mitbekommt", deutete er mit einer weitläufigen Geste auf die gesamte Szene und wischte sich danach die Strähne aus der Stirn.

„Herr Kommissar", drängte sich eine Nachbarin nach vorne. „Die Frau Hochstätter habe ich gesehen, Herr Kommissar." Justus Heinrich wandte sich ihr zu und dachte bei sich, dass Nachbarn doch die besten Spione seien. Dann sagte er freundlich: „Guten Abend, ich bin Dr. Justus Heinrich. Sie haben Frau Hochstätter gesehen?"

„Ja, die ist vor einer halben Stunde weg. Kurz bevor sie kamen."

„Und wissen sie auch, wohin sie ist?"

„Keine Ahnung, sie ist in ein Taxi gestiegen."

„Sie wissen nicht zufällig, welches Taxiunternehmen das war?", fragte der Leiter der Lübecker Polizei und erhielt tatsächlich die gewünschte Auskunft, da sich die Frau an die Rufnummer auf der Werbung auf dem Taxi erinnerte.

„Prüfen Sie das", befahl er dem Polizisten, bedankte sich höflich bei der Nachbarin und ging herüber zu Schlick, der gerade verarztet wurde.

„Schlick, mein Lieber. Was haben Sie da nur angestellt?" Schlicks Mantel und Hemdkragen war mit seinem Blut besudelt. In ein paar knappen Sätzen schilderte der Kommissar die Vorfälle des Abends.

Ein Krankenwagen fuhr mit Blaulicht davon. Schlick sah Heinrich fragend an.

„Machen Sie sich keine Sorgen, Andresen wird schon

wieder. Sie bringen ihn ins Verbrennungszentrum in der Uniklinik." Schlick sah nicht sehr überzeugt aus. Vor seinem geistigen Auge sah er immer wieder Andresen, wie er als lebendige Fackel aus dem Haus gestürzt kam. Nach dem unfreiwilligen Bad im eiskalten Wasser war er nicht mehr ansprechbar gewesen.

„Okay, Chef", sagte Schlick nach einer Pause schließlich nur. Sonja Hoffmann kam dazu.

„Günther, wie siehst Du denn aus?", fragte sie, erschrocken über den Anblick.

„Wahrscheinlich besser, als Andresen", lächelte er müde.

„Und Ihnen, Frau Hoffmann, wie geht es Ihnen?", erkundigte sich Heinrich.

„Ganz gut, ich habe nicht so viel abbekommen. Leichte Rauchvergiftung, aber ich brauche nicht mit ins Krankenhaus."

„Ich fahre auch nicht mit", sagte Schlick und erntete böse Blicke der Mediziner, die ihn gerade versorgten.

„Oh doch, das werden Sie, mein lieber Schlick. Dienstlicher Befehl!", Justus Heinrich tätschelte ihm das Knie. „Und Sie, Frau Hoffmann, fahren nach Hause. Ich kümmere mich um alles Weitere hier vor Ort."

Freitag

Es war elf Uhr, als Schlick und Hoffmann am Freitag auf der Dienststelle eintrafen. Justus Heinrich hatte sie in sein Büro gebeten, wo Kaffee und Kekse bereitstanden.

„Schön, dass Sie gekommen sind. Ich hätte durchaus Verständnis gehabt, wenn Sie sich den Tag und die nächste Woche freigenommen hätten. Ihr Kollege braucht allerdings noch ein wenig, um sich zu erholen", begann Justus Heinrich, nachdem er beiden bedeutet hatte, ihm gegenüber Platz zu nehmen. „Aber machen Sie sich keine Sorgen, er wird schon wieder. Ich habe vorhin mit dem Krankenhaus telefoniert, Andresen braucht erst einmal einen Tag Ruhe. Sie dürfen ihn vor morgen nicht besuchen. Und in der Zwischenzeit wird er dort bestmöglich versorgt!"

Schlick nickte.

„Nun, wir waren in der Zwischenzeit nicht untätig." Justus Heinrich setzte sich kerzengerade hin und wischte mit der gewohnten Geste die Haare von der Stirn. „Die größte Neuigkeit ist wohl, dass der Tote, Anton Hochstätter, gar nicht der Sohn der spurlos verschwundenen alten Dame ist. Ihr echter Sohn lebt in Amerika und ist von dort aus auch nicht zwischenzeitlich zurückgekehrt. Wir konnten bislang allerdings nicht herausfinden, wie der richtige Name des Mannes war, der sich für Hochstätter ausgab. Aufschluss könnte da die alte Frau Hochstätter geben, doch wir wissen ebenfalls nicht, wohin die alte Dame überhaupt gefahren ist. Am Hauptbahnhof verläuft sich ihre Spur jedenfalls. Ihren Gehwagen hat sie übrigens zuhause gelassen."

Schlick pfiff leise. „Die Alte kam mir gleich komisch vor. Auch als sie sagte, in der Hütte habe sich Hochstätter regelmäßig zum Filme schauen verabredet, und dabei war dort gar kein Fernseher."

„Aber Hochstätter kann das Meth dort nicht gekocht haben, dass muss jemand anderes gewesen sein, richtig?", fragte Hoffmann, die sich an Hochstätters Profil erinnerte.

„Richtig", antwortete Heinrich.

„Möglicherweise ja der Mann, der das Haus in Brand steckte und Dich", Sonja Hoffmann nickte Schlick zu, „niedergeschlagen hat."

Aber Justus Heinrich hatte noch weitere Informationen: „Wir haben zu diesem Verdächtigen bereits ein Kennzeichen ermitteln können. Nach der riesigen Aufruhr, die die Explosion verursacht hat, hatte sich ein weiterer Nachbar bei uns gemeldet. Dieser will beobachtet haben, wie jemand längere Zeit am anderen Ende des Wäldchens parkte und irgendwann mit einem Koffer oder Kanister in den Wald ging. Kurz vor der Explosion kehrte er zurück und hatte es ziemlich eilig, wegzukommen. Der Zeuge war zufällig mit dem Hund unterwegs und hat sich das Kennzeichen gemerkt." Er lächelte über seine Feststellung und reichte Schlick einen Zettel, auf dem das Kennzeichen stand.

„Das ist doch das gleiche Auto, das der Mann fuhr, der vorgestern vor dem Haus der Bürgermeisterin stand!", entfuhr es Hoffmann.

„Exakt", bestätigte Heinrich, „was allerdings ebenfalls nahelegt, dass es sich hierbei nicht um den Hersteller der Drogen handelt, sondern um einen Kleinkriminellen, der sozusagen für die Drecksarbeit eingesetzt wird. Der war möglicherweise auch involviert in die Geschäfte, allerdings ist ihm wohl kaum zuzutrauen, eigenständig Methamphetamin herzustellen. Jedenfalls ermitteln wir weiter in Richtung Fahrzeug. Vielleicht ist es auch jemand ganz anderes gefahren. Außerdem liegt der Verdacht nahe, dass der Mann aus dem Auto derselbe Mann war, der Sie niedergeschlagen hat, Schlick." Er trank einen Schluck Kaffee. „Jedenfalls sitzt der Halter des Fahrzeugs, Rolf Behn, noch ein und kann den Wagen gestern gar nicht gefahren sein. Und dieser Victor Egbert, den Andresen vor dem Haus von Gesine Schmidt identifiziert hat, ist derzeit nicht auffindbar."

„Der Zusammenhang ist ja höchst merkwürdig. Es kann doch kein Zufall sein, dass gerade eben dieser Mann uns in so kurzer Zeit ein zweites Mal über den Weg läuft?", dachte Schlick laut. Später würde er diese Beobachtung an seiner Wand im Wohnzimmer notieren müssen, dachte er im Stillen.

Sonja Hoffmann nickte zustimmend und biss auf einen Keks. „Allerdings kann ich mir gerade noch keinen

Reim darauf machen."

„Die Zusammenhänge sollten sicher Gegenstand weiterer Ermittlungen sein. Aber das ist nicht alles. Wir haben, nachdem Frau Hochstätter spurlos verschwunden ist, Einsicht in ihre Telefonabrechnungen nehmen dürfen. Allerdings hat die alte Dame kein einziges Telefonat geführt, außer wenn sie sich ein Taxi bestellt hat. Und das über den gesamten protokollierten Zeitraum nicht. Allerdings ist sie auch nicht im Besitz eines Mobiltelefons, wie also hat sie zum Beispiel mit ihrem falschen Sohn kommuniziert?"

„Sie meinen also, die alte Frau Hochstätter steckt mit drin?", fragte Hoffmann, war aber schon selbst zu der Überzeugung gelangt, dass dies durchaus eine vertretbare Möglichkeit darstellte.

„Möglich."

„Und Gerd Paulsen? Wie passt der ins Bild?", fragte Schlick in die Runde.

„Herr Angermeier hat inzwischen die Ergebnisse der Untersuchungen der Haarproben beider Toter vorliegen. Hochstätter hat tatsächlich überhaupt keine Drogen konsumiert, während Paulsen neben THC positiv auf Methamphetamin getestet wurde."

„Dann war er drogenabhängig?", diesmal war es Hoffmann, die laut dachte.

„Nur wie steht diese Beobachtung im Zusammenhang mit dem Flughafen? Beide haben dort gearbeitet. Es ist also gut möglich, dass Paulsen dort von Hochstätter Drogen erhalten hat?", spekulierte Schlick. Dann fügte er noch hinzu: „Warum sollte jedoch Paulsen gegen die Erweiterung des Flughafens demonstrieren, wo doch Hochstätter zur gleichen Zeit Bauleiter dort war? Das muss doch dem Hochstätter geschadet haben, da durch die Proteste der Bau deutlich verzögert wurde.“

„Vielleicht war dies ja der Beginn eines Zerwürfnisses zwischen Drogendealer und Abhängigem?“, gab Heinrich zu bedenken. „Möglich, dass deshalb das Blut von Paulsen an den Händen von Hochstätter gefunden wurde.“

„Oder er hat ihn dort so vorgefunden und wollte lediglich die Spuren beseitigen, um keine Aufmerksamkeit auf sich zu ziehen“, kombinierte Schlick.

„Und warum wurde Hochstätter dann gefoltert und getötet?“, fragte Hoffmann.

Heinrich knabberte ebenfalls einen Keks, woraufhin er schließlich sagte: „Vielleicht ist das Ihr großer Unbekannter. Es gibt sicherlich jemanden, der hier die Strippen zieht. Und die Frage, wer dieser Mann überhaupt war, der sich für Anton Hochstätter ausgegeben hat, muss auch noch beantwortet werden.“

Es entstand eine Pause, in der jeder nachdachte.

„Insoweit habe ich Sie jetzt auf den aktuellen Stand gebracht“, brach Heinrich das Schweigen. „Sie machen natürlich weiter“, stellte er fest und reichte Schlick die Akte. Er erhob sich und bedeutete seinen Gesprächspartnern damit, dass die Besprechung beendet sei.

„Was ist eigentlich aus der Erpressungs-Sache unserer gemeinsamen Bekannten geworden?“, fragte Schlick im

Gehen, rein interessehalber.

„Schlick, da kann ich aktuell nichts zu sagen. Bislang hat sich der ominöse Anrufer nicht gemeldet und es hat sich nichts weiter ereignet.“

„Was meinen Sie, besteht da ein Zusammenhang?“

Heinrich zuckte mit den Achseln. „Das kann ich nicht sagen. Aber kommen Sie mir nicht auf die Idee, die Bürgermeisterin zu einem Drogentest herzubestellen“, sagte er scherzhaft. „Machen Sie die Akten soweit fertig und schauen Sie, in welche Richtung Sie noch weitere Ermittlungen anstellen.“ Bevor er die Tür zu seinem Büro hinter den beiden schloss, fügte er noch hinzu: „Andresen hat es ziemlich erwischt und ich bin froh, dass Sie beide wieder recht fit sind. Aber passen Sie in Zukunft besser auf sich auf. Die Behörde braucht Sie. Also gute Besserung, mein lieber Schlick. Hoffmann, für Sie natürlich auch.“ Er danke den beiden, wischte mit gewohnter Geste die Haare aus der Stirn und schloss die Tür hinter den beiden.

* * *

Jetzt war er da, der große Moment. Günther Schlick hatte seine Schuhe poliert und seine Uniform angelegt. Das dunkle Blau stand ihm gut, dachte er. Ihm hatte die Einführung der neuen Uniformen gefallen, er mochte die dunklen, edlen Farben und fand sich schick und elegant. Er sah in den Spiegel. Die Platzwunde an seinem Kopf, die ihm am gestrigen Abend zugefügt worden war,

war gut vernäht und unter einem unauffälligen Pflaster versteckt. Hoffmann und er hingen nach dem Gespräch mit ihrem Chef in ihrem Büro im achten Stock der Dienststelle noch eine Weile ihren Gedanken und Theorien nach und ordneten die Unterlagen und ihre Aufzeichnungen. Wirklich produktiv hatten sie jedoch nach den Ereignissen des gestrigen Abends nicht mehr sein können. Schlick hatte wegen seiner nun unmittelbar bevorstehenden Pensionierung nach dem Gespräch mit seinem Chef eine melancholische Stimmung an den Tag gelegt, zumal dieser in dem Gespräch kein einziges Wort über seine Tätigkeit oder seine Verdienste verloren hatte.

„Na, fertig?" Die Tür öffnete sich und Sonja steckte den Kopf herein. „Man, man, schick sehen Sie aus!" Schlick drehte sich um und konnte sich ein kleines Lächeln nicht verkneifen. Im Gehen sah er sich in dem Büro noch einmal kurz um, so als ob er nicht wieder zurückkehren würde. Viele Jahre hatte er hier verbracht, aber was würde er nun tun? So ganz ohne seinen Andresen, der morgens vor zehn nicht in die Gänge kam, wenn dieser abends zuvor wieder bei einem Fußballspiel gewesen war und sich nur durch starken Kaffee wach halten konnte. Der Geruch der alten Möbel und des Raumes, der ihm beim Durchatmen noch einmal in die Nase stieg, war vertraut. Er schloss die Tür hinter sich. Jetzt, wo der Tag gekommen war, erfüllte ihn ein wenig Wehmut. Außer dem Dienst hatte ihn seit sechzehn Jahren und dem Tod seiner Frau fast nichts anderes mehr erfüllt. Am liebsten würde er noch bleiben. Wunschdenken, sagte er sich. Du bist zu alt, sie brauchen dich nicht mehr. Was gebraucht wird sind junge, dynamische Kollegen, die mit der Zeit gehen.

Sie gingen die Treppe herunter und zum Haupteingang, wo Sonja Hoffmann den Wagen geparkt hatte.

„Kommissar", kamen da eilige Schritte hinter ihnen den Flur entlang. Schlick sah sich um. „Kommissar, ich habe da noch etwas für Sie!" Der junge Kollege hatte die beiden inzwischen erreicht und hielt Schlick einen Plastikbeutel hin, in dem sich ein schwarzer Gegenstand befand. Schlick sah ihn fragend an. „Das muss Ihr Angreifer verloren haben. Jedenfalls gehört es keinem von uns. Funktioniert sogar noch. Ich wollte es Ihnen geben, schließlich haben Sie einen auf die Mütze bekommen."

„Oh, äh ja", sagte Schlick nach einigem Zögern. „Vielen Dank!" Er steckte das Beweisstück in die Tasche. Dann setzten er und Hoffmann ihren Weg fort.

Ganz ohne Worte fuhren sie zur Musik- und Kongresshalle, wo die Verabschiedung im festlichen Rahmen vor dem alljährlichen Polizeiball stattfinden sollte. Dort herrschte bereits reges Treiben. Der Betreiber hatte sich mächtig ins Zeug gelegt und für allerlei Speisen und Getränke gesorgt, die zwischen Zeremonie und Ball gereicht werden sollten. Die Kollegen nickten Schlick zu. Viele kannte er gar nicht. Sie gingen hinein. Als ob sie seine Gedanken erahnen konnte, klopfte ihm Sonja Hoffmann, die neben ihm ging, behutsam auf die Schulter. Erst jetzt fiel ihm auf, dass seine junge Kollegin ein adrettes Abendkleid trug.

„Schlick, schön, dass Sie da sind!", begrüßte ihn sein Chef. „Kommen Sie und setzen Sie sich ganz nach vorne zu uns?"

„Ja, natürlich", wohin denn sonst, wollte Schlick erwidern, da war Dr. Heinrich aber schon wieder in der Menge verschwunden.

„Wir sehen uns nachher", sagte Sonja und drückte seinen Arm zum Abschied. „Ich darf nicht dort vorne bei euch sitzen." Sie zwinkerte ihm verschmitzt zu.

In der ersten Reihe nahm Schlick platz. Die Halle war schon gut gefüllt. Er wollte sich nicht zu sehr umsehen, hatte schon einige Hände auf dem Weg nach vorne geschüttelt und einige Sätze gesprochen. Es würde gleich anfangen und so nahmen alle ihre Plätze zügig ein.

Die Kapelle begann einen Marsch zu blasen und auf die Bühne kamen einige Schlick vertraute Personen, darunter Persönlichkeiten aus dem Ministerium, der Stadtpräsident und die Bürgermeisterin.

„Wo ist denn der Juste?", hörte Schlick ein paar Kollegen hinter sich witzeln. „Der ist sicher noch just was erledigen!" verbreitete sich leises Gelächter. Die erste Reihe schmunzelte. Da ergriff auch schon der Stadtpräsident das Wort.

„Meine verehrte Frau Ministerin, Herr Staatssekretär", begann er die Begrüßung, der Schlick nicht ganz folgen konnte. Sein Herz klopfte, wie damals, zu seiner Vereidigung. „Ich darf Sie hier heute alle herzlich begrüßen! Als ich erfuhr, dass statt des alljährlichen Polizeiballs eine Veranstaltung im großen Rahmen stattfinden würde, war ich sehr geehrt teilnehmen zu dürfen. Dass mir nun auch die Ehre zuteil wird, diese Rede zu halten, freut mich umso mehr." Es folgten ein paar knappe Ausführungen, darüber, wie die Arbeit der Polizei im vergangenen Jahr von außen wahrgenommen wurde und über die Erfolge, die die Politik in diesem Zeitraum hatte verzeichnen können. Schlick hörte nicht ganz zu. Er war verwundert, dass zu seiner Verabschiedung so viel Publikum geladen war. Aber was war sonst zu feiern? Der Polizeiball war immer schon ein Highlight gewesen, doch dazu waren für gewöhnlich nicht solche Größen aus der Politik geladen. Waren die alle nur für ihn gekommen? Er fühlte sich plötzlich ganz warm ums Herz, war sich aber zugleich unsicher. Es fühlte sich falsch an.

Auf der Bühne ging es weiter. „Nun, ich möchte nicht mehr viele Worte machen, auch wenn alle es eher anders von mir gewöhnt sind." Alle im Saal lachten, die Stimmung war gelöst. Der Stadtpräsident hatte Talent zum Entertainer. „Kommen wir also zum Höhepunkt dieser Veranstaltung. Wobei ich weiß, dass auch der nachfolgende Abend für Sie alle ein Höhepunkt sein wird! Doch manchmal heißt es Abschied nehmen. Nicht für immer, das versteht sich, man bleibt sicherlich auch über den Dienst hinaus mit Kollegen verbunden." Also doch, meine Verabschiedung, dachte Schlick bei diesen Worten. „Lange Jahre war er dabei, hat viel Zeit, viel Kraft und Energie in den Dienst hinein gesteckt, unsere Welt, nein unser Lübeck zu einem besseren und sichereren Ort zu machen." Schlick fühlte sich innerlich gebauchpinselt und nickte leicht. „Meine Damen und Herren, aber was soll ich sagen? Wir müssen uns nun von ihm verabschieden." Die Stimmung in der Halle stieg noch weiter und alle hingen gebannt an den Lippen des Stadtpräsidenten. „Meine Damen und Herren, er ist zu höherem berufen, hat mir aber versprochen, seine Lübecker Wurzeln nicht zu vergessen. Ich darf also nun das Mikro und das Wort übergeben an einen ganz besonderen Mann, der nicht nur das Herz am rechten Fleck hat, sondern darüber hinaus ein persönlicher Freund ist." Schlick hatte die letzten Sätze gar nicht mehr ganz wahrgenommen, fingerte in seiner Innentasche nach seiner Rede und hatte plötzlich Schweiß auf der Stirn stehen.

„Meine Damen und Herren, begrüßen Sie mit mir Dr. Justus Heinrich, der uns, Lübeck und alle Lübecker künftig Europa vertreten wird!" Tosender Applaus brach los und die Kapelle spielte einen Tusch. Auf die Bühne sprang der drahtige Mann der immer in Eile schien und sichtlich den Applaus genoss.

Schlick hatte sich eine Sekunde von seinem Platz erhoben und war im Begriff gewesen, auf die Bühne zu eilen. Erst im letzten Moment hatte er sich gestoppt. Aber das hatte kein anderer bemerkt, denn alle waren aufgesprungen und applaudierten dem Europaabgeordneten. Glücklicherweise.

ÜBER DEN AUTOR

Der Entrepreneur, Weltenbummler und Autor Eduard von Steynfurth verbringt einen Sommer im schönen Lübeck und nimmt Stimmung, Atmosphäre und Flair zum Anlass dieses packend-spannenden Lübeck-Krimis. Nach dem Studium der Philosophie und Rechtswissenschaften widmet sich Eduard von Steynfurth mit dem Schreiben einer seiner Leidenschaften.